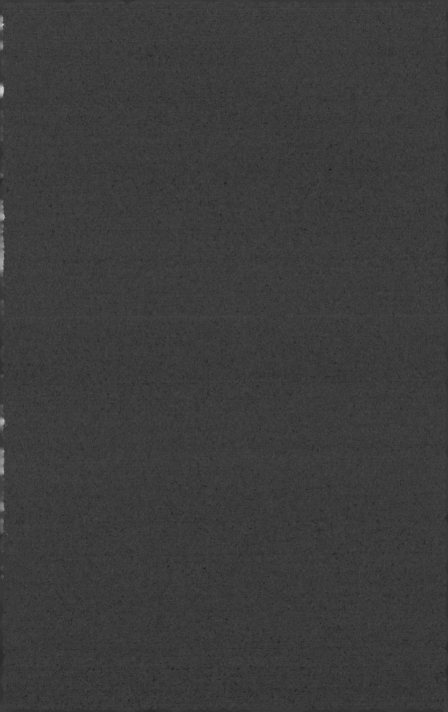

私の『戦争と平和』

―翻弄された九十年の戦争観と宿命―

小杉衆一
KOSUGI Shuichi

文芸社

本文中には、現在では適切でないと思われる表現や言葉がありますが、当時の時代背景を考慮し、原文のまま掲載しています。

目次

第一章　なぜ「十五年戦争」なのか？

忘れてはならない戦争の記憶

毎年やってくる「暦の上での八月十五日」。いわゆる、終戦記念日は、私にとっては今でも一年、一年生涯の節目だと思っているし、それは自身の私生活から見ても、生活過程の一里塚であるとも思っていた。同時に、私ばかりではなく、おそらく戦争を体験した一人一人の日本人にも、何らかの「仕切り」のようなものをこの日に求め、次の何かを感じ、抱いているに違いないと思ってもいた。

そして今、戦争の体験をくぐり抜けてきた生存中の日本人の誰もが、こうした見えない戦争の影のようなものを背負ってきたのだと思うし、大袈裟にいえば日本歴史の上の『負』の部分を担っているという意識下での生活を強いられているのかもしれないとも感じている。

そしてそれは、単純に、戦争があった時代は苦しかった、平和になってからの時代は楽だった、ということのすべてが事実ではないのではないか、という認識を抱きながら、そういう事実はあったにせよ、真実は決してそうとも言い切れないのだということに目覚め始めていることに私は気づいたのである。

大変わかりにくい言い回しだったかもしれないが、要は、私が今、一番感じ、恐れていることは、日本人が世間的にみて、往年の戦争の時代、平和な時代のすべての歴史を積極的に忘れようとしていることである。『忘れる』とは、ただの失念ということとは異なった『意識的にすべてを捨て去る』という方向（願望）を目指しているように思える。何かの暗示（予感）を私は感じ始めているのだ。

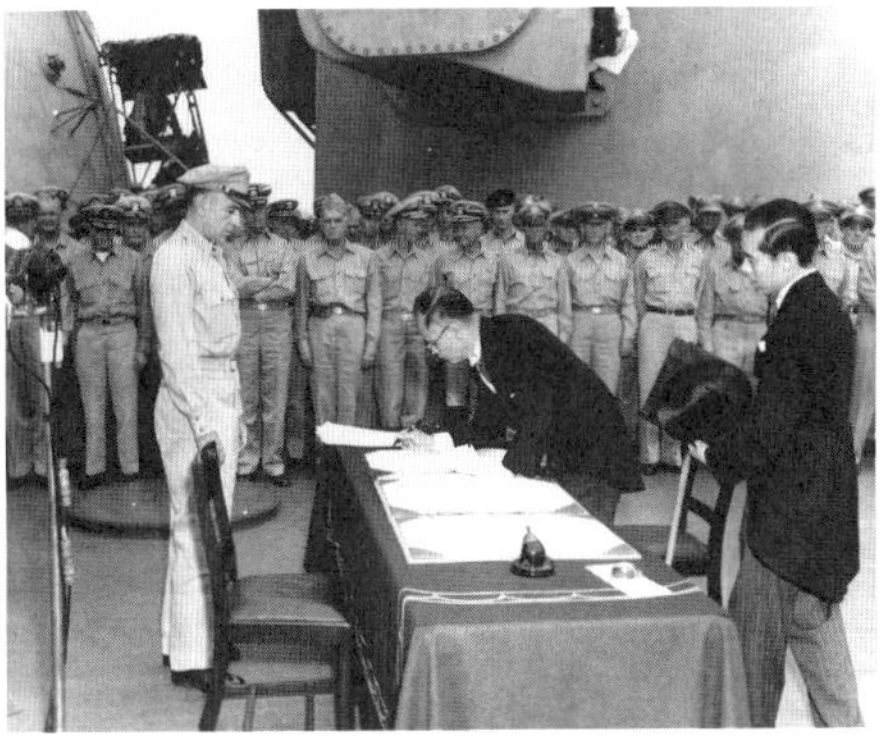

1945年9月2日、米軍艦ミズーリ号上行われた降伏調印式

これには、ある種の国家権力やマスコミを中心とするある意図的な作為が動いているような気がしてならないし、日本人の生活に洗脳を目論んだ巧妙な企みが行われようとしているようにも思えてならない。

確かに、日本は「東北大震災」と「原発事故」という特異な経験をし、その逆境を乗り越えた日本の将来像を描こうとしている。その意欲と力をエネルギーにする風評が、全国的に蔓延している。

諸外国からすれば、かつて敗戦から立ち直った日本の着飾った底力を再び発揮しようとしている姿と行動力は、見事だと映るのかもしれない。

だが、戦争の悲惨さや、平和の尊さを、貧困農村の生活から育まれた民話の語り部の、諭すような手法では、真実を語ることにも真の活気にもならない。ましてや「頑張ろう！」だけでは後の世につなげる思想、信念の構築にはならず、方向性を失うのみで、何も生まれてはこない気がする。

「八月十五日・終戦の日」

戦争を語ることはとても難しい。なぜなら、戦後生まれのすべてとは言わないが、かつて日本が米国と戦争をしたということすら、知らない人たちが急激に増加しているからだ。

若者にとっては「戦争」といえば、一九九〇年代からは『ベトナム戦争』と言い、さらには『湾岸戦争』に、そして『アフガン戦争』、さらに続く『イラク戦争』と絶えず戦争イメージが更新されていく。太平洋戦争は彼らにとっては遥か昔の出来事なのだ。若者に戦争の様相を語ると同時に、「背景にある思想の歴史の連綿とした底流」を論議させなければ意味がないし、現在が生かされてもこないような気がするのだ。

ここで思い起こすことがある。少年のころ、「聖戦」と称し、これに純粋に奉仕することが義務であると諭され、戦争こそが日本の繁栄を導く唯一の国家目的であるとされたのである。

私が体験した太平洋戦争について、一番素直に、しかも私の感覚で、そして目前で周囲の人々を真の同胞としての運命共同体感覚でとらえたときの喜びは、はからずも「八月十五日・終戦の日」の午後であった。

それは、まさに今思うと、当然な事態であったし、単純な出来事であり現象でもあった。

八月十五日正午に「太平洋戦争」敗戦の玉音放送があった。その日の夕食後、灯火管制の敷かれていた海軍病院（当時私は負傷して入院していた）のいくつもの病室、事務室、手術室等の電灯が予告なしに一斉に点灯した。「わぁあ！」という驚喜の歓声が、そこにいる人々の、まるで生ま

玉音放送を聞く日本国民（8月15日正午）

れて初めての力強い産声のように院内にこだましていた。

こんなに明るい世界が今まであったのかと疑うような、それは見事な、輝く、人間の腹の底から出た音声世界だった。そこには、兵隊も医師も看護婦も、患者も、階級もなしに、何もかもが解き放たれた驚喜とも言える安堵感と脱出感に満たされた歓声があった。

それは「光」がもたらす明るさと「心」の開放感が同時にやってきたものだった。今までの数年間の、電灯という「光」を奪われていた生活からの

「脱出の声」である。

私の周りには、今まで見られなかった、人々の本当の顔、真の姿が満ち溢れていた。

そして私にとっては、単なる人生の一過程かもしれないこの情景が、今までの生涯の中での終戦を祝う歓喜のフィナーレであるかもしれないと思った。あのベートーベンの交響曲第九番の「歓喜のフィナーレ」は、毎年のように聴いていたが、このときのフィナーレこそ、閉ざされていたオルゴールから噴き出された流麗な音響のような気がした。

だがその反面、この時代の軍人という身分的な不安と、私の将来の人生の目標が失われ、今まで有していた思考への危惧が生まれ始めた。日々の生活の変化からくる環境の転換が及ぼす煩瑣《はんさ》の連続は、これが私の人生の悲劇のプロローグであるかもしれないという危惧の思いにも満たされていったのだった。

このときの私は、海軍の二等兵曹という一兵卒であった。国際政治の動きなどには全く耳を貸さず、日常の意味のない（たわいない）動物的な生活のみに追われていた。

満州事変の勃発

今、私は、再び『私の十五年戦争――自分が遭遇した戦争の懐古のような自分史』を書こうとしている。『私の十五年戦争』、歴史的にみて、この戦争の諸要素が、私の生誕時にはすでに開始されており、私の成長が戦争の推移と符合していたことと深く関わりがある。

私は、いわゆる通称「太平洋戦争」または「大東亜戦争」の発端は真珠湾攻撃ではなく、これから記述を開始する満州事変の勃発からであったと考えている。この長期的、広域的かつ膨大な人柱を投入した壮大な戦争

満州事変の引き金になった柳条湖の現場に立つリットン卿

（一九三一年から一九四五年の降伏調印までの十五年）は、まさにこの満州事変を契機に始まったのだ。一人の無意識者（少国民である私）が時代の嵐に舞うように翻弄されていた姿と、その時々の情勢と世相を自分の生活史の検証のつもりで臆面もなく語り継ぐ役として、幾重も重ね合わせていきながら書いていくつもりだ。そんな記述でもいいから書き続けたいと思ったのである。

そして、その戦争過程の流れの正味のすべてが、私九十年以上の人生の攪乱の原因であった。私を一人の人間として観たとき、思想や信条のほとんどが、十五年戦争の影響を受けているように思えたのである。短い軍歴期間に、猛爆による戦闘配置で被弾し、「戦傷」という名称で闘病生活の二年半を含んだ軍隊の体験は、終生、消せない身体的傷痕と心の痛手を遺した。

この十五年戦争での軍隊生活の体験的なトラウマや負い目は、いつもその背後には、ある種の怒りからくる傲慢さを生んだ。人一倍の政治蔑視からくる人間不信を抱いていたこともそうだ。

「私の戦争体験からくる人生観」、あるいは、意識的なライフワークとして「私はどう生きたか」という命題は、「戦争によって私はどう変遷したか」という懐古を謙虚に確認することと、将来の生き方の目標として「これからの生涯をどう生きるか」等のいくつもの命題に意味づけすることに寄与した。そして、その度に人生の転換を図ろうと発心したのだった。

海軍病院で受けた一瞬の開放感によって、私はある種の使命感のようなものを自分に植えつけ、徐々にではあるが、自分を語ることは、戦争という悪の根源を追及することになるのではないかと思うようになった。人間の生と死を語り合うことは、それがどんな経過を辿ったかを知ることである。それだけではなく、とりわけ戦争には根源的な特徴があり、基本的な原理が、様々な形で変遷の道を辿っているのだということに気づいた。

また、自分だけの微力では検証できない相貌をたたえていることを痛感しながらでも、その本質を追究しなければと強く思うようになった。

あの戦争はいったい何だったのか？

映画監督、小津安二郎は、あるとき、O・ヘンリーの言葉を借りてこう言っている。「戦争と貧困と恋愛とを経験しなければ人生を味わったとはいえない」（貴田庄・著『小津安二郎文壇交遊録』中公新書）。

私が抱いた冷厳で否定的な戦争観と、尊敬する先人たちのこういった教訓的な文学臭に満ちた言葉とを比べたとき、この戦争についての思い入れは、人によってかなり違うように思える。

そして短い戦争体験期間とはいえ、だからこそ、この戦争に対する客観的な実態に少しでも迫りたい、記録された文献記事や資料等を通した私の

神宮外苑競技場で開催された出陣学徒壮行会（1943年）

実感などを、自分史を通して確認した戦争観と照らし合わせてみたいと思い、あえて『私の十五年戦争』として記述することを発意したのである。

確かにO・ヘンリーの言葉には、多くの時代を超えた真実は含まれているものの、世界がいまだに戦争の様相で歴史が刻まれ、混沌とした政情や政争の世界の価値観からの判断基準を勘案すると、遠い平和な時代、あるいは、「人生を情緒的に味わえることができた良き時代」の人生観からの教養的な意味のみが大きく浮上してきているように思えてならない。

戦争とは、人の情緒とは全く関係なく進められるもので、むしろ人的災害のように思えてならないのだ。

この戦いが終わった時点では、大正生まれの青年たちと昭和初年の学徒兵こそがこの戦争の主力の世代だった。戦争の悲劇を、一身に背負ったこの世代の若者は、「平和憲法」下の社会になっても懸命に働いた。そして二十数年後、資本主義社会の第一線から退いたとき、日本は復興どころか、「世界第二位の経済大国」になっていた。

このことが日本の国威として世界から絶賛されもした。しかしそれはアメリカという間接的な支配者のもとに甘んじて培われてきた安易で他力本願的な見せかけの繁栄であったし、日本本来の美風や世界観や価値観等は、政治支配によって埋没され続けていた。

そして戦後七十数年間を通して、いわゆる「太平洋戦争」は様々に語られ、脚色されながらとらえられてきた。

だが、この戦争を本質的に、かつ総体的にとらえた発言は私の知る限りなかった。

この戦争がどうして始まったか、そしてなぜこんな無残な形で負けたのか、圧倒的な力の差があるアメリカ相手に戦う無謀さと無為無策の典型は、いったいどこから生まれたのか。このわかりきった歴史の検証すらされていないのはなぜか。そしてなぜこのことを今になっても追及し、検証することを避けようとしているのか不思議でならない。

これは一つに、いわゆる戦後からの「平和教育」という歴史観が長らく教育現場を通じて支配し、戦争そのものを本来的な歴史過程としてとらえたにすぎないからだ。

一言でいえば「歴史観」の位置づけをしないで、ある種のイデオロギーが、何かの意図のもとで一元的なものに追い込まれて通過してしまったせいでもあると思う。私自身も軍籍に入る以前の学校教育課程と、戦後のいわゆる「平和教育」との断層の崩れは大地震のそれどころではなかった。戦争体験者にとっては動転の極みであったはずである。

進む知的退廃

私が受けた戦前の教育課程の大部分が否定され、事実私たちが使用した「国定教科書」は、次頁の写真のようにすべて黒墨で教師の目の前で塗りつぶされた。

戦後教育はこの断層のずれによって、日本人全体が、歴史としての『戦争』に対して無知になり、戦争の本質からあえて目をそらすような知的退廃が進んでいった気がする。

「反戦」「平和」「民主主義」といったお題目に諸手をあげて賛成するだけのそれになってしまっている。

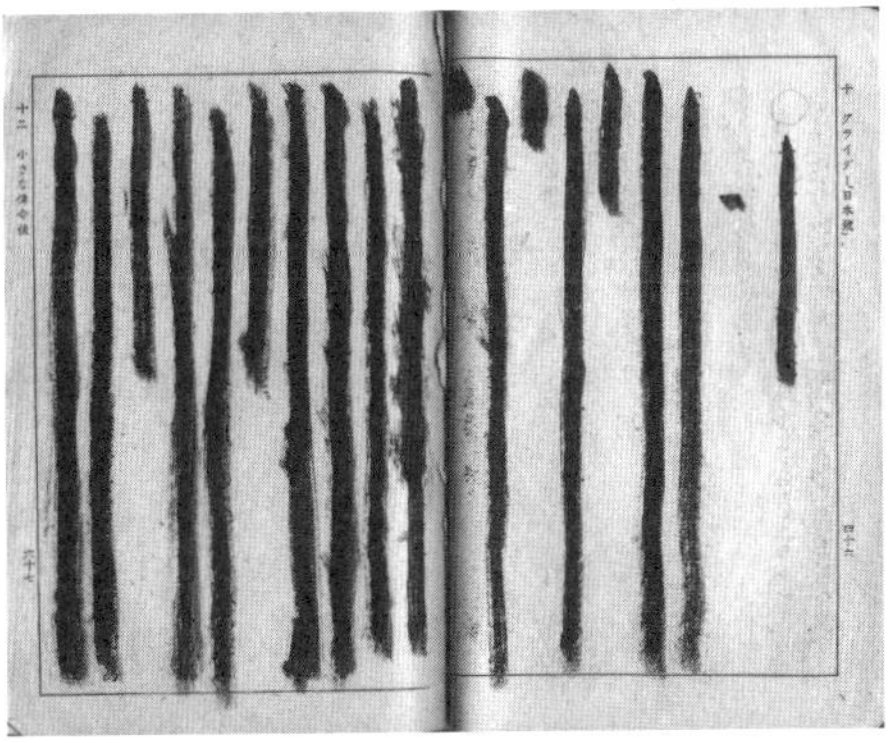

黒塗りの教科書（京都市学校歴史博物館）

しかし、この『私の十五年戦争』は、他の多くの文献のように戦争の実録として忠実に整理したり、問題の本質を突くような歴史研究、精査とは全く異なる。私の成長期と重なっていた戦争の月日（一般人の日常生活）の中での、この戦争の実態と意味を問いかける。どんな生活態様で、いかに自分が生きていたかを課題として探り、今の時点で掘り起こし、または掘り下げてみたいという欲望に駆られているのだ。

平たく言えば、今の年齢からみた自分の目から、青年時代であった当時の建前と本音をさらしてみたい気がしたからだ。

往々にして、つらい体験もまた振り返りたくなるものであるし、過去を懐かしむ感情は、つらかった思い出を時には甘美なものに変える。

この体験の意味を理解し、語ることは大変に難事かもしれない。語ることよりも、隠されていて、発掘すべき史実の方がむしろ多かったように思う。

無意識のまま、無知に浸っていた人生の時間の方が多く、その体験を個としての人間の生き方にいかに結びつけて語り尽くせるか、どのように自分の意識として確定させるかが、大きな課題であるような気がしている。

古今東西の歴史研究家たちが行ってきた戦争分析は、私には史観についての基礎的な学習が乏しいので残念ながら十分な理解が不可能である。

だが、私にはあの戦争で明け暮れした時代の体験が、今の日常的学習の至るところに潜んでいるように思える。このことは、いわゆる私の老後の人生にもつながっているのだ。

戦争体験とは

私は一〇〇パーセントではないものの、国のため、軍隊に身を投じた。だが、軍隊とは集団なのだ。一人一人の兵士に思考や判断を許すと、集団として行動することができなくなる。上官から、兵隊へ命じられたままに行動することしか許されない。

そのためには、「国のため」という使命感も邪魔になるのだ。上官の命令のまま一糸乱れず行動する。その一点だけでいいのだ。それ以外のすべては必要ないとする「没個性」の世界であることが軍隊の絶対不可欠な条件であった。

「戦争体験を語り継ごう」とか「戦争体験を風化させるな」とか、よく言われる。だが、よく考えると、一兵卒で、かつ初年兵で軍隊へ行った人と、大学出の将校で軍隊に入った人とでは、同じ戦争体験でも全く違う。まして、職業軍人の場合は、「軍隊も戦争も出世するための土俵」のようなもので、私のような初年兵上がりとは異質であり、戦争観にも雲泥の差があることに特に注意しなければと思うようになった。

私たちの年代（昭和一桁代）は、幸か不幸か戦前、戦中、戦後、高度経済成長とその後の、五つの時代の日本の姿の中を生き抜いている。

現在、学者や評論家で一線で活躍している人たちは、一九四五年前後の生まれが多いが、戦前と戦中の視点が欠けているように思う。そんなことは本を読めばわかる、膨大な記録があるからと、体験を抜きにした理論のみが幅を利かし、観念で塗り固めた論説を、文庫や新書のような手近な解説書で出版し、その氾濫でかえってわかりにくくしているように思える。

私の戦争体験は、後になってまとめたものではもちろんなく、一人の人間の生き様をその都度の心境によって率直に語り継ぎたいと思っただけである。

第二章　私が生誕した当時は戦争謳歌

戦争とは切り離せない幼少時代

過去の日本を冷厳に観た場合、そして私が生誕したときの環境を冷静な目で観るなら、それは、まさに、いきなり雛《ひよこ》のような生体が、飛び込んだ戦時体制下の異常な日本という広場だった。

それは、今思うと私にとっては全く不思議な世界であったと言える。人々の生活と思いが、すべて戦争という時局の中に結びついていたのだから……。

私の生後から三年、昭和六年には満州事変という名で、日本の陸軍は中国大陸に出兵していた。私はこの大戦争の事実上の前哨戦は、このときに始まっていたと思っている。

徐々に色濃くなっていく戦時色によって、学問や娯楽や、私にとっての体験と成長の芽生えの過程は、すべて戦争とは切り離せないものにつながっていた。当時の私自身の心境は、そのことの認識は全くなく、家庭と学校、親兄弟、教師、学友とのふれあいがすべてであり、私という人間の成長をそれらに短絡的に結びつけていただけだった。

この時代の私の毎日は、親の保育や加護によって、まさにこの漠然とした戦争の雰囲気を謳歌する生活の中での餓鬼童《がきわらし》のように、赤裸々で、野放図で何一つ苦労知らずの無邪気さで振る舞っていた気がしている。

だが、日本国内は戦時下社会として、私の意識のないままに急速に変貌し、二十歳で兵隊検査を終えた兵士たちは短期間の訓練でどんどん戦場に送られていた。日本人の日常生活はすべて戦争という観念的な闘争場に直結したもの（銃後を守る）となっているのだと思い込まされていた。

お粗末な中国観が戦争を泥沼に

満州事変は盧溝橋事件という日本陸軍の策謀によって、一回り大きな支那事変（一九三七年）へと化していった。「事変」とはいうものの、戦争そのものであり、戦争を意図的に矮小化したものであるにすぎないことが次第に明らかになっていく。〝盧溝橋の上で発射された一発の銃声から日中全面戦争は始まった〟――これは明確な歴史的な事実である。

このときを境に日本国民の思想や信条の統制、そして生活の目標と行動のすべてが軍事優先政権の理念の下で運命づけられたと私は思っている。

その七年前（昭和五年十一月）には、時の濱口雄幸首相が東京駅で民間右翼テロによって狙撃されている。昭和のテロはこの時をもって始まった。暗黒テロ時代の始まりといえる。

さらに、昭和七年の五・一五の事件は、政治家や経済人、それに一般社会に暴力の持つ怖さを教えてくれることになり、結果的に軍事独裁の方向へ向かうことになっていく。この事件は単なるテロではなく、貧困な農民救済の運動にもつながった。若い青年将校たちと、民間右翼との提携の始まりでもあり、一部国民の共感や共鳴を受けた。しかし、政党政治はこの事件で事実上消滅し、議員内閣制はこのとき停止の状態に陥っていたと言っても過言ではない。

このことは昭和史の中で生きた私にとっては最大の重要性を有し、日本の歴史を学ぶ上でも汚点として位置づけなければ現在の議会制民主主義が生かされないという気がしている。そしてこれは、絶えず検証に値する節目であるとともに、忘れ去ることはできない出来事であると思っている。

その後も日本陸軍は、北京、天津を占領し、上海での戦闘を開始した。中国大陸の市民の抗日感情を背景に、中国軍の抵抗は激しかった。中国政府は首都を重慶に移したが、日本陸軍は、上海、南京を攻略し、戦いは、まさに「日中全面戦争」の様相を呈し始め、戦線拡大、泥沼化していった。

このときの日本国民のほとんどが、好むと好まざるとにかかわらずこの戦争を不可避なものにしてしまったのは、近代日本の取るべき政策の誤りや軍事指導者のあまりにもお粗末な対中国観にその要因を求められると私は思っている。

そして、中国の歴史や国民意識、さらにその国民的エネルギーに関しては、ほとんどの日本国民が無知であった。しかも、最も重要なことは、この戦争の目的そのものが曖昧であり、出兵の大義がなかったことにあると思う。

時の政治、軍事の指導者はしきりに「聖戦」を唱えていた。「聖戦」とはいったい何だろうか?

いわば戦争目的の説明もされないまま、抽象的な国民精神と民族的な「情緒」を唱えて戦時体制に入っていったのである。

しかも、中国大陸での戦争の見通しのなさと、自主性のない外交戦術とがそのまま太平洋戦争へと結びついていったのだと、私は思料する。

このときの日本の外交はといえば、世界の軍縮会議上で国際連盟脱退という暴挙を犯し、世界から孤立していった。

先鋭化した日本は、ドイツ、イタリアとの交流を深めることで反共・反連合国の立場が明確になり、さらに日独伊三国軍事同盟成立に向けて突き進んでいったのだ。ヒトラー・ユーゲントというドイツの少年団が日本各地を訪問したのも、私の少年時代だったと記憶している。

第三章　思い切り青春を求めようとした学生時代

戦時下の浅草で映画を観て歩いた

ラジオが国民唱歌を放送し始めたその第一回（昭和十三年一月五日午後七時三十分）が、『海ゆかば』であった。もちろん戦意高揚を意図したものであったが、その歌詞はともかく、メロディーには冷厳な曲想が溢れていた。

私は当時、この悲壮感は嫌いではなかったし、何かを暗示しているようで、もの悲しい感傷に浸って、時には一緒に歌ったりもしていた。作曲者は、信時潔《のぶときき よし》である。

のちに、昭和十八年十二月、文部省と大政翼賛会は、この『海ゆかば』

を儀式に用いることを決め、『君が代』に次ぐ準国歌とみなすことにした。

戦争末期になると、ラジオで「玉砕」報道をするときのテーマに使われだしたのは、やはり悲しいイメージが溢れていたからである。

また、戦時下においては、中山晋平、古賀政男といった作曲家たちが歌謡曲を盛んに作り出していた。『波浮の港』『船頭小唄』『鉾をおさめて』などがヒットしていた。大陸もの、国境もの、そして満州ものなどの歌謡曲も作られている。『上海だより』『支那の夜』『満州娘』『蘇州夜曲』等が流行した。だが公募という名を借りて政府や官憲の検閲も盛んに行われていたようである。

また、映画もたくさん作られている。私は幼少のころから「大都映画」という二流映画に溺れていた。子供料金が安く、内容がたわいなかったからだ。戦争を鼓舞するのでもなく、謳歌するものでもなく、勧善懲悪を中心とした武士の物語が多かった。

しかし戦時下にもかかわらず、日本映画界は、山中貞雄（中国戦線で戦死）が『人情紙風船』、小津安二郎は『淑女は何を忘れたか』、内田吐夢は『限りなき前進』、島津保次郎は『浅草の灯』等の名作を生み出している。

政府は外国映画の輸入禁止を宣言したが、私は当時の事情がわからないまま、アメリカやドイツ映画をかなりたくさん観た記憶がある。それは浅草という歓楽街をよく散策したからである。

国際劇場がオープンしたのを契機として、この地は娯楽のメッカとして繁栄していた。父の知人で、当時の我が家に出入りしていた中年のお手伝いの「おばさん」と言われた人によく連れて行かれた。「大勝館」では封切り洋画を、浅草の「常盤座」では「笑の王国」という喜劇実演などを観たりした。

余談だが、一九三七年の作品であるフランス映画『望郷』が帝劇で公開され大ヒットした。このときは見逃しているが、戦後、浅草でこの作品に接した感動は、今も忘れられない。

この当時浅草の映画街を歩いていると、私は何か新しい知識を得たような気になって、ある種の優越感に浸っていたように思う。映画法という法律が公布され、映画の製作制限、外国映画の規制、そして作品の検閲は厳密になっていった。

亀井文夫の『戦ふ兵隊』が槍玉に挙げられ、陸軍参謀本部によって上映禁止になっている。その顚末が、新聞の娯楽面の片隅に掲載されていたのを覚えている。

戦時体制にのみ込まれていった文学者たちと石川達三

当時の私は、小説にも関心があって、江戸川乱歩の『少年探偵団』、吉川英治『天兵童子』等を夢中になって読んでいた。山本有三の『路傍の石』、豊田正子『綴方教室』等は少なからず感動した。さすがに、横光利一『旅愁』や島木健作『生活の探求』等は、小学生には難しくて手が届かなかった。

戦況が激しくなるにしたがって、文学者たちも積極的に戦時体制に加担するようになっていく。それは作家が出版社から派遣された従軍記者（世に言う「ペン部隊」）として、戦況報告をすることだった。吉川英治や吉屋信子、林芙美子、獅子文六、丹羽文雄、岸田國士、菊池寛、瀧井孝作、白井喬二、横光利一、久米正雄らの人気作家も戦地を視察してルポルタージュをしている。

石川達三も中央公論社特派員として南京に滞在していた。陸軍が南京を占領し、大虐殺事件を起こした時期と重なるが、『中央公論』に発表された『生きている兵隊』は、彼が南京攻略戦に参加した一兵士から聞いた話を基にして軍隊の生活を描いた作品である。

兵隊たちの心理と行動を描いた傑作である。戦闘の場を重ねていくうちに兵隊は惨憺たる殺戮にも無感動になり、知性を持った兵隊も平気で銃を構える。一人の敵の兵隊を殺すことは一匹の鮒を殺すことと同じだとする意識、敵兵は戦友の仇で憎いという感情が生じたという。戦場という場が、本来の人間性を剥奪していくことを『生きている兵隊』は抉《えぐ》っている。

当然、聖戦を謳歌している当局は、作者と発行者を新聞紙法違反で告発し、即日発売禁止処分になり、石川達三は起訴されている。この石川達三の『生きている兵隊』の波紋は戦後になっても盛んに取り上げられ、戦争に対する日本人の概念を問い直す、そして歴史観に肉迫するような問題提起の大きな契機にもなった。

忘れてはならない「南京虐殺事件」

筆者自身も消極的ながら、この戦争に加担させられた兵隊の一人として、またその語り部として、この項に触れねばならない必然を感じている。

そして連合国による「東京裁判」は、当然ながら、占領地「南京」における日本軍の残虐行為、いわゆる「南京虐殺事件」を大きく取り上げ、あらゆる角度からその真相を追及し始めた。

南京虐殺事件は、一般の日本市民は太平洋戦争後に知ったが、国際的には事件当時から報道され、東京裁判でも最も重要な戦争犯罪とみなされていた。南京虐殺は、昭和十二年十二月十三日、南京陥落にともない、同日夜から南京入城式がおこなわれた十二月十七日までに、城内で発生したといわれる中国市民殺傷事件を指す。

これは作家の児島襄『東京裁判』（中公新書　昭和四十六年四月刊）の一節である。

先述の石川達三は、戦後「自己の文学を語る」において、《中国との戦争の初期に、あの戦争礼賛の危険を感じて「生きている兵隊」を書き、戦後は軍人達を敵のように非難することの間違いを修正したい気持ちから「望みなきに非ず」を書いた。他人はどう見るかはわからないが、自分としては、一つ一つが時代への警告であり、世相との闘いであった。その闘いに作家としての生き甲斐を感じ、書くことの意味を感じている》と述べ

南京陥落

ている。

戦争を主導した軍部はもとより、ほとんどの国民がこの中国との戦いの前途に、つゆほどの不安や懸念も抱いていなかったとき、従軍作家として石川達三は、南京虐殺事件にいち早く日本軍隊の道義的退廃を体験し、これを日本民族の人間的な敗北と見た。この戦争の危機意識を訴えたことは、高く評価しなければならないと思う。

昭和十二年（一九三七）暮れの、南京陥落の祝賀行事は、何もわからない民間人や子供（少国民といわれていた）にとっては陽気で明るいものであった。戦勝気分で、旗行列や提灯行列にやたらと興奮していた。

　しかし、その陥落の翌日の新聞には、北京に「中華民国臨時政府」というのができたという大きな見出しがあり、驚かされた。日本の軍部が作った傀儡政府である。

国家総動員法公布

そして、同じ昭和十二年（一九三七）八月、国民精神総動員実施要綱なるものが閣議で審議され、第一次近衛内閣は翌一九三八年四月、国家総動員法を公布した。

当時の一般国民の感覚からすれば、貯蓄の増強・勤労奉仕・生活廃品の回収等の奨励が、戦争を進めるための政策であることが明らかで、日常生活の締めつけも当然厳しくなっていった。時局にふさわしくない、といえば何でも締めつけ、抑えつけが激しくなった。

そして、陸軍による「南京陥落」の大勝利に国民を陶酔させ、軍が要求

国民精神総動員中央連盟発足式（1937年）

する「軍備拡張」と、その基礎をなす「生産力拡充」と「国際収支の適正化」を中心とした内閣の政策を明らかにし、国民に対しては「国家総動員法」を遵守させた。戦争を推進させるための政策として、国民生活を規制し始めたのであった。

神保町で「特高」みたいな組織に尋問される

私はといえば、当時「学生」という身分を最大限利用させてもらっていた。

ところが、太平洋戦争直前の十月、「保導協会」という組織に尋問された。この協会は、勤労青少年や学生の身なり、行動を見て、その思想を判断し、「指導」という名のもとに取り締まっていたのだ。

その警察や「特高」もどきの組織に、神田神保町の書店街の大路地で数々の身を切られるような尋問を受け、当時のブラック名簿に載せられてしまった。

私を尋問したその御仁は、幸か不幸か初老に近い人だった。国民服という当時の正規の服装に、国民帽にゲートルを巻いた戦時下を象徴するような出で立ちであった。

それに比べ、不覚にも（?）私の身なりは、半ズボンに下駄履き、無帽のままの至って粗野で簡素な身なりだったから、真っ先に槍玉に挙がったのだ。確かに多くの人の服とは極端に違っており、人目を引いたものであった。

私は数日間、このことのために後悔やら反省に駆られ、悶々とした生活を余儀なくされ、退学処分も覚悟した。

そんな心配にもかかわらず、意外と早く校長室を通して、担任からこの件についての事情聴取があったが、学校からは退学の「た」の字もないことを告げられ、「こういうご時世だから、みんな注意しろよ！」の一言で終わってしまった。

私は安堵というよりも、むしろ拍子抜けの感の方が強かった。そして、私はこのとき以来、いつの間にか国策に沿った軍国主義の方向になぜか傾いていったのだった。

有名な斎藤隆夫代議士の反軍演説

昭和十五年という年は「皇紀二六〇〇年」にあたり、〝聖戦〟ムードを盛り上げるのにはタイミングの良い年まわりだった。

だが、この年最初の帝国議会開会二日目（二月二日第七十五回帝国議会）、衆議院で民政党の代表演説に立った斎藤隆夫代議士の約一時間半にわたる「支那事変処理を中心とした質問演説」は、世論を大きく動かした。その要点をまとめると、以下のような内容である。

（一）支那事変が開始されて二年半、十万の英霊という犠牲を払っても解決していない。戦いはいつまで続くのか。処理はどうするのか。それを国民にはっきりと示せ。

（二）近衛首相の弁明によれば、日満支三国による東亜新秩序建設を謳いあげた中に「聖戦」「八紘一宇」とあるが、戦争の本質は歴史が示す通り、弱肉強食であり、そのような考えでは「事変」は解決しない。

（三）政府声明によれば「蒋介石を相手にせず」とあるが、その相手なしの状態で「事変」の処理が可能なのか。

これに対して、首相と陸相は明確な答弁を避け、黙殺した。ところが、散会後、問題が大きくなり軍務局長をはじめとする軍の要人たちが斎藤の演説を「聖戦の目的」を侮辱し、十万の英霊を冒涜する「非国民的演説」だとして激昂した。そして最終的には、斎藤代議士は懲罰委員会にかけられて除名処分を受けたのだった。この斎藤隆夫代議士の反軍演説は、戦時下の歴史に勇気あるエピソードとして今も残っている。

その同じ年の三月九日、衆議院は「聖戦貫徹決議案」を可決。同じ月の二十五日には、各派の衆議院議員百人あまりが「聖戦貫徹議員連盟」を結成した。

その後、政府は各種の決議案を可決して、日本は戦時体制に入っていった。満州事変から支那事変と続く中で、政府はあくまで「聖戦」を唱え、「日中戦争」という呼び方はしなかった。

ある資料によると、近衛首相のブレインであった人たちは、この一連の事変を一種の『討匪戦』とみていたという。『討匪戦』とは匪賊、不法分子、今でいうギャングやテロリストの一団のようなイメージであったようだ。あくまで戦争ではないとして、戦う相手は「国」というわけではないという感覚である。

したがって、満州事変も支那事変も「侵略」でもなく「征服」でもなく、悪を懲らしめる「聖業」であり、「聖戦」としなければならぬとしたのである。

こうした論調は、当時の私たち学生に対して、日本と中国の戦いは、良いか悪いか、支持するかしないかというよりも、そもそも日本が「戦争」をしているのだという実感さえも麻痺させていたように思える。多くの日本人も同様だったのではないか。

中国大陸で行われている両国の戦闘が、真の「戦争」であるとは思っていなかったのではないか。

つまり、一九四一年十二月八日、日本政府の宣戦布告による「太平洋戦争」の開始によって、初めて戦争状態に入ったと実感したのであろうと私は感じている。

天皇による「宣戦の大詔《たいしょう》」が発せられ、日本はイギリスとアメリカと本気で戦争を始めたことを、終日ラジオから流される軍艦マーチとアナウンサーの興奮した絶叫に近い声を通して知った。このとき、国民は「戦争」

をわがこととして感じとったのではないだろうか。

言論出版集会結社等臨時取締法

開戦直後のどさくさにまぎれ、この時期に政府は国民の目を盗み、日常生活に縁の深い増税や生活関連品目などの値上げを、数々上程した。

言論出版集会結社等臨時取締法という長たらしい名前の法案が、政府から衆議院本会議に上程されたのは、昭和十六年十二月十七日、開戦から数えて九日後である。

まず「入場税法改正」（七日目）から始まり、酒税、物品税、遊興飲食税、通行税、建築税、たばこ税などが大幅に増税された。

この「言論取締法」の趣旨などは、この日の新聞には解説されているが、その概要のみ記述すると、「明春の衆議院総選挙をひかえ、この法律の実施は選挙法の改正に変わるべき実効をも期待され、国防保安法、治安維持法、新聞事業統制令等と相まって銃後における言論集会等はここに決戦体制を整備するにいたるわけである」というもの。

生活費は前年より三十一・二パーセント高を示された。衣料切符制が実施され、一人一年に百点、郡部では八十点の点数切符により衣料購入が制限された。国鉄運賃、郵便料金、電信電話料金などは容赦なく値上げしている。

さらに、この開戦年からの一年は、日本の演劇、娯楽、興行、いわゆるエンターテインメントが大変動し、もちろんアメリカ映画は上映禁止、新聞・ラジオの天気予報は中止された。すべてと言ってよい私たちの生活手段が、政府の重圧による決戦政策の餌食にされた年である。

海軍では、十二月十六日、呉工廠で戦艦「大和」が竣工している。そし

戦艦大和

て、ヨーロッパでは、ドイツ軍が対ソ戦で大打撃を受け、モスクワ攻撃を放棄、断念している。翌一月、ナチス首脳は欧州のユダヤ人千百万人の殺害を決定してナチの本性を現した。

有名画家たちが戦争画を制作

昭和十七年三月、陸海軍は戦争記録画制作のため、藤田嗣治、中村研一、宮本三郎、小磯良平、川端竜子、安田靫彦、福田豊四郎などの有名画家を南方各地へ派遣することを決定する。

同四月、アメリカ機動部隊が日本国土を初空襲。航空母艦ホーネットから飛び立ったB25十六機が東京、名古屋などを初空襲。空襲終了後は空母へ帰投せず、そのまま中国奥地の国民政府軍の飛行場へ直行するという作戦だった。

同六月、ミッドウェー開戦。日本は「赤城」「加賀」「飛龍」「蒼龍」の四空母を失い、戦局は一気に敗戦の様相に転じていく。

同八月、警視庁が不良青少年の一斉検挙を開始する。九月十五日までに二万二千人を取り調べ、千八百五十七人を検挙したことを発表した。何の目的でこのような暴挙に出たのかは不明だが、私が、前年に神田の書店街の角地で受けた「保導協会」の不審尋問はその走りかもしれないと思ったりもした。だが、警視庁の意図は、反戦分子を対象とし、共産主義信奉者、極左、暴力団員などをその目標にしているようであった。

開戦の第一報は国民にどう届いたか

「帝国陸海軍は、本八日未明、西太平洋において米、英軍と戦闘状態に入れり」というフレーズの臨時ニュースが流されたとき、私たち普通の庶民(国民)はいったいどう思ったのか、これがなかなか記録として現れてこないのは、このときの日本人の華やいだ心情と、報道の詳細が、様々な政府や官僚の統制によってあえて記録されなかったのだと思う。

日々の暮らしに追われていた庶民と、書くことを仕事としていた人々、知識人と思われていた人たちに、それぞれ異なった反応が見られたのは、連合軍の占領後、戦時報道管制が解かれて明らかになっている。敗戦後に東大総長となった、政治学者でもある「南原繁」は、開戦の日に次のような短歌を詠んだ。

人間の常識を超え学識を超えておこれり日本世界と戦ふ

これは、心ある学者の仲間たちと終戦工作に携わった「南原繁」の嘆きである。そして英米を相手に戦いを挑んだことに対する怒りでもあり、驚きでもあった。彼は学識から得られる知見から、アメリカと日本の国力の差は当時においても自覚していた。

例えば、開戦時の国民総生産でいえば、アメリカは日本の十二倍、すべての重化学工業、軍需産業の基礎となる鋼材は日本の十七倍、自動車保有台数に至っては日本の百六十倍、石油は日本の七百二十倍もあった。この自明の理を知悉の上での驚きである。

日本の東条内閣は、この絶対的な差をむしろ隠そうとはせず、大和魂という精神力の高揚を強調し、戦意をことさらに煽動し、事実を擦り替えていたのだ。

以下は『国民学校初等科・国史教科書』（昭和十八年小学校六年生に手渡された）の開戦の内容である。（文中のカッコは著者によるもの）

「昭和十六年十二月八日、しのびにしのんできたわが国は、決然としてたちあがりました。忠誠無比の皇軍は、陸海ともどもに、ハワイ、マライ（マレー）、フィリピンを目指して、一せいに侵攻を開始しました。勇ましい海の荒鷲（航空部隊）が、御国の命を翼にかけて、やにわに真珠湾をおそいました。水づく屍と覚悟を決めた特別攻撃隊も、敵艦めがけてせまりました。空と海からする、わが猛烈な攻撃は、米国太平洋艦隊の主力を、もののみごとに撃滅しました。この日、米英に対する宣戦の大詔がくだり、一億の心は、打って一丸となりました。二重橋のほとり、玉砂利にぬかずく民草の目は、決然たるかがやきを見せました。

ほとんど同時に、英国の東洋艦隊は、マライ沖のもくずと消え、続いて、かれが、百年の間、東洋侵略の出城とした香港も、草むす屍とふるいたつわが皇軍の精鋭によって、たちまち攻略されました……」


当時私は、東京府立の中学生として、自宅から明治神宮の表参道を経由して不自由なく通学していた。この時代の感覚からしてこの教科書の文面は、何の変哲もない文字群であり、連帯性のある運命感覚でもあった。

そして「十二月八日」も、日本人の間では、社会的な意味を帯びた一つの用語に今でもなっている。

東京下町を愛し、市井人の叙情を詠いあげていた久保田万太郎のような文学者でも、

十二月八日をへたる初日かな

十二月八日おもほゆ初日かな

の二句を作った。自選句集『久保田万太郎句集』(三田文学出版　昭和十七年)にも収録されている。

先の教科書の記述には、軍人や文部省の官僚あたりが関与していると思われるが、やはり、この開戦が「しのびにしのんで」とか「やにわに真珠湾をおそい……」「一億の心は、打って一丸」とかの修飾の示す通り、奇襲作戦を詠いあげた戦意高揚の文意そのものである。

戦後、太平洋戦争の開始について、アメリカ側から浴びせられた「トレチャラス・アタック」(だまし討ち)という言葉が伝えられていたが、この教科書を直訳すれば、あるいは真意となるかもしれない。

要するに日本軍による「真珠湾攻撃」は、日本の駐米大使から手渡された「最後通牒」よりも一時間二十分も早く開始された、その事実を指摘し

真珠湾攻撃

た当時のアメリカの世論から生まれたのがこの用語である。

「しのびにしのんで、やにわに真珠湾の一撃」を与えたことが、アメリカでは「リメンバー・パールハーバー」に標語化されて、全米を奮起させてしまったのだと思う。

私は子供のころから「先んずれば人を制す」を金言としてきたので、この日米間の「開戦」に関わる問題にはあまり関心はなかった。それは、当時の私がこの一般的な戦果に酔いしれていたからでもある。

耐乏生活と貯蓄奨励

日本軍の連戦連勝の四カ月が過ぎ、一息ついた昭和十七年四月、大蔵省国民貯蓄奨励局がビラを出している。「敵が兜を脱ぐ日まで／二百三十億貯蓄に邁進」というキャッチフレーズに、「なぜ貯金するのか」という解説文が長々と印刷されていた。二百三十億は、戦費である。そして生産拡充資金である。すなわち、貯蓄は戦争に勝つためであり、国内全体の経済を安定するためであり、同時に諸君の家庭生活を守るための一石三鳥の大任を持っている。だから……。

「諸君、二百三十億を達成すべき、最高命令が我ら国民に下ったのである。

戦時中に発行された日本の戦時国債（戦争国債）。戦後はほぼ無価値となった。

我らの零細な貯金が、これほど晴れて皇国のお役にたつ光栄の日がまたとあろうか。我らの貯金が、弾丸となり、魚雷となって敵を屠《ほふ》ってくれるのだ。十二月八日の感激を新しく思い起こそう！」

　この大蔵省のビラによって、日本の国民はいっそう強く抑え付けられたのである。先の国民精神総動員の内閣訓令という政府の耐乏生活の要請と併せて、それこそ貯金どころではない、限りなき国民の耐乏生活が始まったわけだ。

第四章　私の戦争への軌跡

父母の時代

私の父は明治二十六年（一八九三）、母は明治三十八年（一九〇五）の生まれ、といえば、日本はこの間に当時の大国（清国とロシア）を相手に二つの戦争をし、戦勝に酔っていた時代だった。日本は新興の軍事大国として国際社会への仲間入りを果たし、大戦景気で一時的には好景気になっていた。しかし、経済力の基盤が弱かったために底力がなく、貧富の差がアンバランスになって広がった時代でもあった。

年号が「明治」「大正」そして「昭和」と変わる父母の青春時代は、忠君愛国がモットーとされ、天皇を現人神《あらひとがみ》と称して崇拝することが国民生活の支柱であった。

膨大な軍事費の投入は、庶民に強引な質素倹約を強要し始めた。国は殖産興業と富国強兵による軍事大国を目指した。金持ちと貧乏人がはっきりと峻別され、階級や長幼の序、職業の貴賤とか学歴の差などは厳しく守られ、少しでもその秩序からはずれたりするとたちまち爪弾きにされた。人権という言葉などは全く聞かれなかった時代だ。

この時代に生まれた子供は、軍国主義と階級制度を通して日本的家族制度が謳歌され、学校では男は国のために働き、女はそれを助けるために家庭で働くという、個性のない絶対服従の教育の中で成長していった。日本の軍隊は、天皇の軍隊として、いつどんなときでも正義の味方であると子供の心に植えつけられた。

明治二十三年に発布された「教育勅語」（次ページの写真）は、学校教育の根本方針となり、「修身」の教科書に掲載され、小学生は低学年から

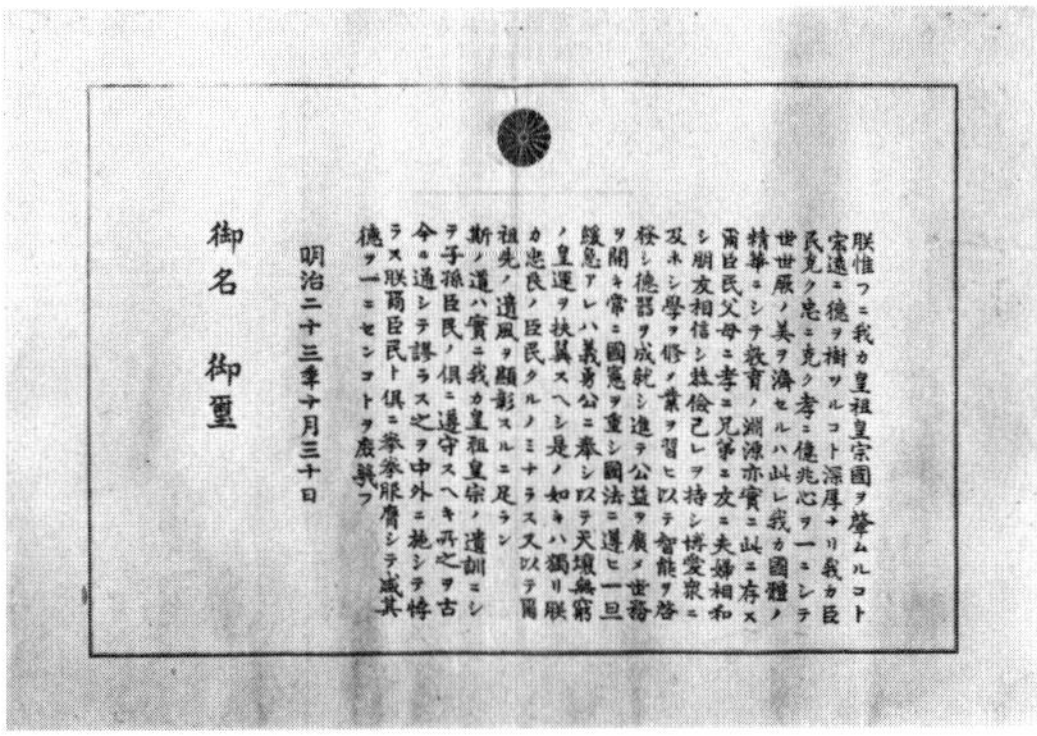

朕惟フニ我カ皇祖皇宗國ヲ肇ムルコト
宏遠ニ徳ヲ樹ツルコト深厚ナリ我カ臣
民克ク忠ニ克ク孝ニ億兆心ヲ一ニシテ
世世厥ノ美ヲ濟セルハ此レ我カ國體ノ
精華ニシテ教育ノ淵源亦實ニ此ニ存ス
爾臣民父母ニ孝ニ兄弟ニ友ニ夫婦相和
シ朋友相信シ恭儉己レヲ持シ博愛衆ニ
及ホシ學ヲ修メ業ヲ習ヒ以テ智能ヲ啓
發シ徳器ヲ成就シ進テ公益ヲ廣メ世務
ヲ開キ常ニ國憲ヲ重シ國法ニ遵ヒ一旦
緩急アレハ義勇公ニ奉シ以テ天壤無窮
ノ皇運ヲ扶翼スヘシ是ノ如キハ獨リ朕
カ忠良ノ臣民タルノミナラス又以テ爾
祖先ノ遺風ヲ顯彰スルニ足ラン
斯ノ道ハ實ニ我カ皇祖皇宗ノ遺訓ニシ
テ子孫臣民ノ倶ニ遵守スヘキ所之ヲ古
今ニ通シテ謬ラス之ヲ中外ニ施シテ悖
ラス朕爾臣民ト倶ニ拳拳服膺シテ咸其
徳ヲ一ニセンコトヲ庶幾フ

明治二十三年十月三十日

御名 御璽

教育勅語

全文を暗誦させられた。

こういう中で、私は昭和三年（一九二八）に東京の中心地で生まれたのである。

歴史年表をみると、この年の十一月、時の天皇の即位式が行われている。昭和の幕開けと同時に生まれた私の生い立ちの中身は、この時代の風潮を丸ごと体内に吸い込み、軍国教育以外のものはすべて排除されていた。

私も軍国少年だった

私が産声を上げたとき、すでにこの国「大日本帝国」はアジア最強の軍事大国であり、その力は「旭日ニ輝ヤク」世界の強国として自他ともに認められていた。やがて私が物心ついたころ、「非常時」が始まっていた。

経済不況が庶民の生活を脅かし、軍人が台頭し始めた中で、中国(当時は「支那」と言っていた)大陸への出兵は長びき、泥沼に入り込んでいた。「満州事変」から「日華事変」という名称になってから、初めのうちは連戦連勝の祝賀の旗行列や、提灯行列に浮かれ、子供にとっては華やいだ遊びの延長として受け取られていた。戦争は、遥か遠くの知らない土地で行われているように思われ、勇ましいとされていた軍人は、子供たちのあこがれの的だった。軍事美談の本は洪水のように発刊され、それはおもに父母が育った時代の二つの戦争（日清、日露）に関係した軍人の忠君愛国の手柄話（軍神）が中心だった。

私も軍国少年として徐々に軍国思想の年季が入っていった。担任教師は、発表された軍国歌謡のいくつかの歌唱の指導に熱中しだし、何回か授業の中で歌わされた。

小学校が国民学校に改称され、「八紘一宇」「一億一心」や「臣道実践」などの難しい意味は体を鍛えることを通して教え込まれた。校庭などには、天皇・皇后の写真や、教育勅語などの写しが格納された「奉安殿」と称する建物があり、それに向かって最敬礼などをさせられた。「国旗掲揚」「国歌斉唱」「宮城遥拝・黙祷」は毎日のように繰り返され、「勅語奉読」や、意味不明の「校長訓話」はふだんよりも難しく、長時間の朝礼時の直立不動の姿勢には苦痛と疲労で目の周りが黄色になっていった。むやみやたらに「恐れ多くも……」「かしこくも……」「かしこきあたりにおかせられましては……」の連発による訓話には、直立不動の姿勢を崩すひまなど全くなかった。

昭和十五年（一九四〇）、「皇紀二六〇〇年」の全国的祝賀行事が繰り広げられた。この年は、日本書紀にある神武天皇即位から数えて二千六百年にあたるとされ、そのときは提灯行列、昼酒、踊りなどが許可され、世間はお祭り気分で盛り上がった。この五日間が終わった日、政府は「祝いの祭りは終わった、さぁ働こう」のスローガンを発表し、再び戦時体制という耐乏生活に戻された。「ぜいたくは敵だ！」という国民標語が生まれ、国民服令が公布され、一般国民は国防色と言われた甲、乙二種類のカーキ色地の国民服着用が強く奨励された。

長期化し、泥沼にはまり込んだ中国との戦争（支那事変）と、ヨーロッパを中心とした欧米大国同士の複雑なやりとりに戸惑っていた日本政府は、とりあえず、一国一党体制を作ることを目指し、大政翼賛会という機関を誕生させ、内外の複雑困難な情勢打開を図った。そして遂に、軍人内閣を成立させた。

軍国教育にドップリ浸かっていた私は翌昭和十六年四月、旧制中学に入学した。ここに配属された教官による軍事教練という科目の時間帯は、完全に軍隊の演習と同じだった。膨大な文章量の軍人勅諭の丸暗記、銃の装填、匍匐《ほふく》前進などを体にたたき込まれた。教官の鉄拳とビンタと怒号の中で絶え間なく行われた。こんなときは頭の中が真っ白になって、もう学問どころではなかった。それでも私たちは軍隊に対しては、ある種の男の力を感じ、あこがれを抱き始めていたのだった。

海軍特幹生に志願

「予科練」の七つボタンの採用は、昭和十七年十一月からだった。もうこのころの私たちは、軍国教育に丸々浸かっていた。

学徒動員中、進学に対する方向性を失っていた私は、この海軍の制服にあこがれ、しかも「予科練」より進級の早い「特別幹部」養成の志願兵として衝動的に入団した。敗戦の年、つまり昭和二十年四月のことであった。

国旗を両肩に巻いて、三浦半島にある武山海兵団に入団したのは軍需工場へ学徒動員中のときだった。

このときの級友たちの見送りは私にとっては忘れがたいものだった。そ

武山海兵団第36分隊第10教班16名。中央の教班長の右が著者
（昭和20年5月海軍記念日に撮影）

の見送りは全く予期しないもので、列車の通過時刻を見計らった級友たちの自発的な行動だった。

横須賀線の線路沿いの工場空き地には、十七、八人ほどの級友が群がっていた。たたみ二畳ほどもある巨大な日章旗を三人がかりで左右に大きく振り回し、みんな全身を「万歳！」の声の魂にして、走る電車に向かって叫んでいるのが見えた。時速八十キロ以上で走る車窓から、私は精一杯身をのりだしてこたえた。その間七、八秒だった。だが一人一人の級友の顔はしっかりと目に焼きついた。

入団の前日、突然、私の家に訪ねてきて、手の切れるような五十銭紙幣を手に握らせ「餞別だよ！」と言いながらはにかんでいたTの眼鏡の奥の目はやさしかった。

私とは性が合わず言い争いの絶えなかったOの顔には、いつもの憎らしさが消えていた。

製品工場で、オシャカ（不良品）ばかりを作り、いつも工員に怒られていたSは、不器用に手を振っていた。だが泣き顔を見せまいとそっぽを向いていた。

教室ではめったに口もきかなかった奴だが、私が海軍へ行くと言ったら、柄にもなく急に涙ぐみ、次の言葉に詰まっていたE。

父親が陸軍の高級将官のくせに、口癖のように戦争を呪って、いつも彼独特の反戦論を展開していたM。

私の頭の中には彼らの顔がいくつも、そして幾重にも巨大な旗の中で交錯していた。電車を降りるまでその懐かしさが消えなかった。そしてもう皆には会えないのだという悲愴感が同時に湧き上がってきた。

だが、こんな印象を忘れるくらい海兵団での生活は全く「あわただしい」の一語に尽きた。教官の威嚇におびえ、いつも尻に火がついたような毎日だった。それは牧場の子羊たちが牧夫の鞭におびえながら右往左往する姿に似ていた。その子羊たちは常に空腹で、美味しいものを空想しながらグーグーと腹を鳴らしていた。

食事時間はまさに餓鬼のように食べ物にかぶりついていた。空腹以外感じるものはなく、頭の中はいつもカラッポだった。

兵舎内には激しい戦局を伝える壁新聞が毎日掲げられていた。私たち新兵は、対岸の火事のような受け取り方しかできなかった。ここへ来る前は戦局の推移に最大の関心を持ち、一喜一憂したものだが、ここではそういう気構えすらも起きず、教官の罵声や理に合わない訓練内容に追い回された。

毎日の課目の消化には、思考とか判断は必要とせず、教官の号令や命令にただ迅速に反応するだけの、調教を受ける馬のような行動だけが求められていた。

塹壕堀で聴いたヨハン・シュトラウスの『皇帝円舞曲』

前述のように武山海兵団での新兵生活は、厳しいものだった。ビンタとバッター（野球バットのような精神棒で強烈に尻を打たれる制裁）の明け暮れの中、教官の威嚇におびえ、食欲という動物的な欲望を求めるのみ。感激とか、興奮とかの情緒は、海兵団生活が終わるまで失われていた。だが、たった一つ、キラ星のように光った、私だけの体験はどうしても語りたい。

日本の連合艦隊はこのとき壊滅させられ、戦力となる軍艦は一隻もなかった。私たち海軍初年兵の日課といえば、銃ならぬスコップを持っての塹壕掘り。そして、集積した軍用食糧を隠匿するため、山の中腹に穴を掘ることだった。

ある晴天の日、苛酷な塹壕掘りの小休止が与えられ、三浦半島の小高い山頂で休息を取っていたとき、眺望の利いた斜面の反対側の、山道に面した小さな農家のラジオから何とも言えない軽快なメロディーが流れてきた。「なんと、楽しくて優雅な曲だろう！」と今まで過ごしていた環境とは全く違った世界が、虹のように広がってきた。「今どき、こんな気分が許されてよいのだろうか！」という懸念と同時に、「いったい、戦争はどこで行われているのだろう」という不思議な感覚に陥ってしまった。

そのヨハン・シュトラウスの『皇帝円舞曲』は、よく耳にし、学生時代は好んで聴いた曲である。

足下の山から下界を見下ろすと、そこには湾の海岸線がはっきりとした輪郭を作っていた。だが、ここは今、戦争たけなわの軍港だというのに軍

海兵団では「ハツカネズミ」のように号令によって走り回されていた（昭和20年5月海軍記念日に撮影）

艦はもちろん、船という船の姿は全く見えず、ギラギラと眩しくきらめいている銀色の海は、水平線の彼方まで広がっていた。それはまさにのどかで平和な日和だった。

この日の私を一言で言うなら、軍艦を失った日本海軍の初年兵が、戦争をひととき忘れて、遥か欧州のオーストリアという国の宮廷舞踏会などで演奏されるウインナ・ワルツの曲に酔いしれてしまった一日と言える。そして私の生涯では忘れがたい不思議な自分史の一ページと言えるだろう。

私がこんな海兵団での新兵教育を受けているころ、この年の四月一日、米軍は沖縄に上陸し、壮絶な地上戦が展開されていた。沖縄守備軍は絶望的な戦闘を繰り返していたのだ。だが遂に、そして六月二十三日、日本軍の組織的抵抗は終わった。沖縄は米軍の手に渡ったのだ。このときも私たちは次に何がくるのかも予測できなかった。

三カ月の海兵団生活は意外と短く感じた。

海兵団教育を終えた軍国少年の夢は、思いもよらぬ方向に傾き、崩されていった。そしてその衝撃は決定的なものだった。

すべてが変わった〝あの瞬間〟

七月十六日、海兵団から平塚の海軍守備隊へ転属になった私たちの部隊は、その最初の夜、Ｂ29二百機の大空襲を受けた。約二時間半にわたる空襲で、海軍兵器廠をはじめ、平塚駅や学校、民家など市街地の六十五パーセントが焼失し、二万五千名の市民が罹災するという凄惨なものだった。

その夜、私は部隊の兵舎の消火作業のため、連絡員として走り回っていた。

私は、突然左腕にもの凄い衝撃を感じた。そして全身がまるで熱湯でもかけられたように熱くなり、私自身がめらめらと燃えていくようで、夢中

空襲で破壊された平塚

になって動き回った。次々とばらまかれた焼夷弾の弾筒数個が私を直撃したのだった。血が足の先端まで流れているのが感じられた。走りながら睡魔が襲ってきて、だんだんと周囲がわからなくなっていった。

　しばらくして気がつくと、戦友たちのかけ声が聞こえた。いつの間にか民家から調達してきた雨戸の板の上に血だらけの私を乗せ、焼夷弾や爆弾の落下をかわしながら安全な場所を求めて砂地を右往左往していた。私は戦友たちに申し訳なく思い、声をかけようとしたが全く出なかった。体がめらめらと燃えていくように思えた。私の意識はここでまた途絶えた。

　朝、周囲にあわただしい気配を感じた。そこは、病院の手術室だった。白一色の軍医三、四人が私の顔を代わる代わるのぞき込んで声をかけていた。しかし何を言ったのかわからなかった。私は軍医たちのがやがやとした声を聞くともなく聞いているうちに再び深い眠りに入っていった。

午後、病室のベッドで意識が戻ったとき、左腕の関節から下の部分は見事に切断され、残った部分が真っ白な包帯で分厚く巻かれていた。患者扱いに慣れきった看護婦が入れ代わり立ち代わり部屋に入ってくると、私の患部を確認して立ち去っていった。

最初の病院、戸塚海軍病院の入院生活が約二カ月続き、その間に八月十五日を迎えた。

十七歳の夏だった。このとき自分の身に起こったことにどう対応し、軍人としてどんな覚悟をし、何をなすべきか、部隊から放たれた私は皆目わからなかった。次々と運ばれてくる負傷兵で海軍病院は日々あわただしさを増していった。私はただの患者としてじっとしていればよかった。病院生活は無為な毎日だった。それは快適とは言えないが、海兵団での絶えず追い立てられた生活とは比べようもない、のどかなものだった。

しきりに母の顔が目に浮かんできた。

私の海軍志願について、母に何の相談もしなかったことについて、今になって後悔がだんだんと膨らんできた。母にとって、長男の私が死地に赴くことについては関わる権利があったはずである。戦争とか、軍隊とか男が生命を賭けることには、母親といえども女には無縁だとする奥底の心が、いつしか働いていたのだろうか。母にこんな非情な思いをさせた私は、その浅薄さに自らを鞭打ちたかった。

入隊の日の品川駅構内は、幾組もの出征兵士の見送りで渦のような雑踏だった。万歳を叫ぶ群衆を避け、後ろの柱の陰に目立たないようにして立っていた母の姿をかいま見ながらも、私は声をかける勇気がなかった。なぜだったのだろうか。動きだした車窓を通して一瞬母の目と私の目が合った。そこには取り残されて寂しげな母の顔があった。

海軍志願について、あのとき母に相談をしていたら、あるいは片腕を失わずにすんだのかもしれない。もし仮に、母のあのいつものようなねっとりとした説得があったなら、私の衝動的とも言える軍隊志願はなかったのかもしれない。

今このときになって、母の気持ちが痛いほど理解できるのだ。駅頭での母の様子、それは子供に裏切られた悲しみに溢れた見送りだった。その姿を思うとき、これから先、どういう償いができるのだろうかと、夜は寝返りが繰り返され、眠れない日が続いた。

ずきずきと腕の先端が痛みだしたときなど、これが親不孝の天罰だったのだと、自らを納得させることによってその痛みに耐えていた。

その傷の痛みと心の痛みは、同時に進行していき、しばらく続いた。

母を裏切って海軍に志願した十代の私

母の気持ちを無視して私が海軍を志願した壮行の日。あの日からすでに七十年以上が経っても、最後の日々の病室の母の顔とあのホームでの別離のときの憂いに満ちた寂しげな姿が重なって、私は胸が引き裂かれそうになってくる。どうしたら母のあのときの底知れぬ悲しみに打ちひしがれた気持ちを癒やせるものか、不幸を詫びることができるのか——。

私は、以前（二〇一三年）、そんな母への想いを10行詩に託した。

その日、出征兵士を送る駅構内は雑踏の渦
真後ろの鉄柱の陰で息子を見送る母
長男を死地へ向かわせる心の痛みと空しさと
大事なものを失う戸惑いに溢れた姿
「ガタン」と列車が揺れて、目と目が合った
この日のことは二人とも決して忘れない
敗残兵となって帰った息子を母は慈しんだ
老衰と病苦で骨と皮の母の病室へ通い続ける息子
「あんたが傍にいると治った気がするよ」
あれから六十年、「遺影」の目と私の目は今も合っている

——『母への10行　第2集』(鶴書院)所収

あの世の母に届いてくれることを祈りながら、私は母への詫び状のつもりでこの詩を書いた。

できることなら、もう一度母に会いたい。そして、あの日のことを謝りたい。

あの時代、国の意志で戦地に赴く我が子への悲痛な想いを口に出すことなどは絶対に許されなかった。母には息子である私の行く道が、きっと見えていたのに違いない。あの悲しみと憂いに満ちた母の沈鬱な表情には、そんなやるせない想いが溢れていたのだろう。

狂気の時代風潮に乗った私の早まった行動の前に、母の我が子に対する切ない想いは無残にも打ち砕かれてしまった。戦争も終わりに近い昭和二十年、軍国少年の私は、その血気のおもむくまま戦争に自ら参加し、海軍に志願した。

我が子がたとえ死地に赴くとしても、母親がそれを阻止することはおろか、声に出して抗議をしたり、悲しんだりすることすらも許されなかったのだ。長男である私は、母の我が子に対する純粋な心情、悲痛な想いを理解することもできずに、狂気の時代の空気に興奮し、翻弄されてしまったのである。

昭和二十年七月、米軍がばらまいた焼夷弾によって、左腕を打ち砕かれてしまった。

片腕を失い敗残兵となって我が家に帰還した私を、母は涙で迎えてくれた。恨みごと一つ言わなかった。

これほどの不幸を犯した子供はいないだろうと、今でも自責の念は消えることはない。

このときを境に、私と母の親子関係は、いつもこのシーンが起点となって、相互の感情が日常を支配し、お互いを思いやり、信じ合って偽りのな

庭いじりをする母

いものになったと思っている。言葉には出さないけれど、母の私に対する慈しみ（憐れみかもしれない）と、私の母への自責の念とが、私たち親子の絆を堅固なものにし、日常生活を結びつけていったのだと思う。

第五章　昭和二十年の夏

B29に打ち砕かれた左腕

前述の通り、昭和二十年七月、十七歳の少年兵だった私は、海軍士官へのあこがれも空しく、ばらまかれた焼夷弾の直撃で左腕を打ち砕かれ、海軍病院の手術室で、関節から下部を見事に切断された。この日から退院まで、私は抜け殻のような無為な時を過ごしていた。

私の片腕を奪った憎むべき相手の姿であるのに、このとき敵愾心すら感じなかったのは不思議なことだった。

このころになると、もう戦争も末期的な症状を見せ、どこかの守備隊が全滅したとか、どこかの都市が爆撃で全壊したかという噂にはすっかり慣れてしまっていた。戦局の推移など、私たち入院中の下級軍人には関係ないように思われだし、あすの命を口にする人すらいなくなった。

　病室からは空がよく見えた。透き通った夏空には、いつもＢ29爆撃機の編隊が悠々と泳ぐように飛んでいた。もうこのころになると一日数回の空襲には麻痺してしまい、Ｂ29の機体が見えても恐ろしさも失っていて、人々は待避することもなく、開き直って空を見上げるばかりだった。

　晴れ渡った空を行くジュラルミン製の機体は、あたかも日の光で作られた結晶体のように透き通っていた。長々と尾を引く飛行機雲は、絹で作られた帯のように神秘的で小刻みに震え、なびいていた。当時としては不謹慎な思いだったが、この澄み切った美しさは、生涯忘れられない光景の一つだった。

B29

終戦

そして、終戦が訪れた。

私にとって終戦とは、日本が勝利することだったので、B29が定期便になっていたり、私のような若い兵隊が次々と負傷し、入院するような劣勢の日本がこんなに早く、本土決戦を前に勝利するとは信じられなかった。何か裏工作が敵味方の間で行われ、一時休戦のための天皇の詔勅放送だろうとさえ思ったりもした。

この日から、空の美しさは昼のB29から夜空の星の美しさへと関心が変わっていった。それは息をのむようだった。星を眺めるということがこんなに感動的だったとは今まで思ってもみなかった。そして徹底した灯火管制から病院内すべての電灯の黒い覆いが取れ、一斉に点灯したとき、病室内には明るい歓声が一気に広がった。

だが戦争のない日常の生活に戻ったことに、私はある意味の戸惑いを感じ始めた。それは勝敗に関係なく、とにかく自分がもう海軍軍人でない普通の人間になったことへの不安だった。所属するところを失ったこれからの生活のことや、軍人という身分からくる危惧で、平和になったという安らぎはしばらく湧いてこなかった。

敗戦を伝える天皇の放送の「堪え難きを堪え、忍び難きを忍び……」の言葉は切れ切れに、そして悲しげに聞こえた。さらに、敗戦処理をした宮様内閣の首相は、内外の記者団の前で「国民はことごとく反省しなければならぬ」と言い、新聞では「敗戦の責任は国民ひとしく負わねばならぬ」などと伝えていた。やはり末端の軍人でも責任は免れないのだろうと思った。九月に入って、連合国軍最高司令官マッカーサー元帥の率いる米軍が日本の占領を開始したとき、私は軍人をはじめ国民全部が、占領軍に処刑されるに違いないと思った。

だが、世の中の動きは少し違っていた。それは敗戦だったという事実から、「この戦争は日本が起こした犯罪行為だった」という風評が、堰を切って流れ出した。そして驚いたことに、今まで戦意を煽っていた新聞、ラジオ、著名な学者や評論家などが一斉に反戦と占領軍の行動に迎合し始め、日本の戦争犯罪を暴くことに専念し始めたのだった。

手のひらを返す世論――俄《にわか》平和主義者の群れ

「今度の戦争は、軍部と一握りの政治家によって引き起こされたものである」「一般庶民は、この悲惨な戦争を呪いながらも、軍部や指導者によって口を封じられ、反対の声すら上げられなかった」「若い特攻隊員は、軍上層部の無謀な作戦によって犬死にさせられたのだ」等々……。

今まで耳にしたこともない主張が次々と現れだした。私は世論の急角度の変化に驚き、かつ呆れた。その裏付けになったのが、連合国が主導する極東軍事裁判であり、多くの政治家、職業軍人が戦争犯罪人として逮捕されていった。

「真相はこうだ」というラジオ放送が始まり、私を釘づけにした。これらはGHQ（連合国軍最高司令官総司令部）の指令で始められたもので、戦時中には全く知らされなかった極秘の情報や事実が次々と暴露され始めた。それは息が詰まるような驚きの連続だった。

活字に飢えていた私は、氾濫する暴露物のような雑誌のほかに、総合雑誌をむさぼり読んだ。評論家、学者、大学教授など著名人が執筆する『中央公論』『改造』『新潮』などが次々と復刊された。そこには戦争の犯罪性について、熱気のこもった論旨で展開されていた。まさに百花繚乱という言葉通りだった。

しかし、戦争中、戦争が罪悪であるという意見が果たして日本に存在していただろうか。もし戦時中に、戦争批判が少しでもあったなら、もっと早く平和が訪れていたのかもしれないし、あるいは戦争そのものが起きなかったかもしれない。そして、これら戦争批判者たちは、戦争中、自分の主張の一言も訴えられず、無為に過ごしていたのか、という疑問が日ごとに強くなっていった。

戦争の罪悪すら感じないで、勝利を信じ続け、それに参加していた私も結果的には戦争犯罪者の一人だったのだろうか。同じように戦争に勝つために身も心も捧げてきた私の周囲の人たち、戦友や学友の群れは、今、私と同じような当惑を感じているのだろうか。こんな疑問は私だけが抱いているのだろうか。このことに触れる記事を懸命に探したが回答は見出せなかった。

しかし、容赦ない変革は進んでいた。侵略国家日本から平和主義国家の一員に変身させられた国民は、今まで信じ込んでいた道徳、教訓、常識などが一枚一枚剥がされ、それらは無力なものとなっていった。

その凄まじい旧体制の崩壊は、連合軍の占領の囲いの中で行われていった。第一章でも書いたが、小学校の教科書は、軍国主義的内容の部分を、すべて墨を塗って抹消することが教師と児童の間で行われた。

日常生活の中にも「民主化」とか「民主主義」という文字やスローガンが、消化されないまま、ただ「マッカーサーの指令」という形を借りて氾濫し始めた。その中で相変わらず「自分は戦争には反対だった。以前から反戦の思想を持っていた」という学者や評論家などの言葉は依然横行し、民主主義の字句を背景にして巧みに世論をつくりあげていった。

毎年の終戦記念日には、新聞などは競って戦争特集を組み、各界の名士、権威者、マスコミの寵児たちの発言で紙面を埋めていった。

「幸い私は生き残った。そして生命の尊さをあらためて感じた……」という紋切り型の結論が決まって現れるいつもの論調に終始していた。戦争中にはいったい何をしていたのかわからない「戦争に負けてからの平和愛好者」たちが、反戦を得意気に語っているのを見ると、その大うそと白々しさとに震えるほどの怒りが湧いてくるのだった。

一方では、「日本はアメリカには負けたが、中国や東南アジア諸国などには負けていなかった。むしろ白人の植民地支配を解放したのだ」という戦争肯定論も出始めた。この主張は、毎年のように節操のない大臣クラスの政治家の口を借りて、思い出したように現れ、そして消えていった。

しかし、私はこれらに根の深いものを感じた。

訓練病棟と東京壊滅

手術を受けた戸塚海軍病院から、横須賀と野比の海軍病院、そして岩手県花巻の奥にある鉛温泉分院と、転々とした後、海軍軍人から解き放されたのは、翌昭和二十一年三月になってからだった。その間、病院とはいえ、一般社会では通用しない海軍兵舎のような生活が続いた。階級制度も残され、上官に対する敬礼や朝の点呼、消灯の号令などが正確に行われていた。

退院によって軍隊生活から放り出された私の生活は、無為無策だった。復員証明書とわずかばかりの退職金で家に帰るよう指示された私は、本籍地が東京ということで、東京の海軍病院へ送り込まれた。傷の治療をまだ必要としたからだった。

通院も考えられたが、東京の大空襲で二度にわたって焼け出され、全く着のみ着のままになった父母には家がなく、知人宅での間借り生活だった。私が住み込む余地などは全くなかった。弟や妹たちも、寮生活と学童疎開の延長のような生活だったりで、以前のような一家そろっての生活はとても無理な状況だった。

鉛温泉病院からの退院は夜明け前だった。暗い山道を小さな病院専用車は一時間ほど走り続けた。そして未明の東北本線「花巻」駅を出発した列車は、軍隊解散のための復員列車として仕立てられ、私を含め多くの復員兵が乗せられていた。それは、通常の旅客用路線ではなく、貨物列車専用の線路を走っていた。そして東京に到着したのはその日の午後遅くで、日差しはかなり和らいでいた。

何の前ぶれもなく列車が都心の高架駅に入った。そのとき、車窓から見た街は、これが東京かと疑いたくなるくらい凄惨な焦土と化していた。焦土の果ては黄昏の地平線になっていた。その地平線は何回もの空襲による硝煙のせいか遠くまで霞んでいた。都心の市街地から地平線を望むことなど、とても想像できなかった。だが駅前の景色はまさにそれだった。

これが私の生まれ育った東京の町並みなのだろうか、東京の街は太古の武蔵野の原野に戻ったように精気なく、死んだようだった。その中で、焼け跡の始末をしている人々はみな放心していて、けだるい動作で働いていた。

手負いの敗残兵となって眼前の惨状を見ている私は、いくら冷静になろうとしても、徐々に暗澹とした気分に引きずり込まれ、見えないものに対する怒りがふつふつと湧いてくるのだった。

『首都をこれだけ壊滅状態にされたら戦争に勝てるわけはない。こんなにされるまで私たちは戦ったのだろうか……。私の空からの傷も、こんなになった状態の中で受けたのだ。これは私たち軍人や軍隊の責任なのだろうか、それとも政治の無策のためか……。一人一人の国民なのか……。国土を焦土にした責任はいったい誰にあるのか……。だが、この国が選んだ戦争を、私自身も選んだことには変わりがないし、覚悟は前から決めていたはずなのに……』

まとまりのない、呟くような声が私の体から湧き出してきた。

自分に対する怒りと、半ばあきらめに似た思いが交互に繰り返されていた。しかしこれらをいくら自分に言い聞かせても、この救いようもない街の荒廃を眼前にすると、絶望と恐怖しか生まれなかった。

このショックは敗戦の恐怖そのものであり、生まれたこの国に対して、果たしてこれでよかったのかという限りない疑惑が湧いてくるのだった。

東京の街は自分の生まれた所であるのに、土地勘は全く失われていた。

私は焼け跡の中を走る私鉄の郊外電車を頼りに、何回も乗り換えながら病院へ向かったが、病院の石門に辿り着いたときには、もう日が傾いていた。

コの字型の病院に囲まれた広場に立ったとき、暮色の空の下で五、六人の白衣の患者がバレーボールをしている情景が目に入った。よく見るとみな断肢患者で、残された手や足を自由自在というより不自由自在に駆使して、ボールを追い回している。その姿はまるで白兎が跳びはねているようだった。その動きの中には、四肢の一部を失った悲しみを乗り越え、何かに立ち向かう逞しさが溢れていた。

だが、ふと我にかえり、自分もこの人たちと同じ境遇であることとの寂しさと不安感とが甦ってきた。私は思わず深呼吸をした。それは溜め息ではなく、ある種のあきらめに似たものだった。戦争という悪夢のようなタイムトンネルを抜け、ようやく明るみへ出たような安らぎと、のどかさが、この広場から陽炎《かげろう》として上昇しているようだった。すると、先ほどの不安感とは逆に、何かとてつもない大きな仕事を仕上げた充足感の心境になっていくようだった。

戦中、戦後のある時期まで、東京国立第二病院の第四病棟は「訓練病棟」と呼ばれていた。ここには足や手などの機能を戦傷によって一部またはほとんどを失った軍人、軍属などの患者で占められ、治療のほか、社会復帰のための更生事業も行われていた。

訓練という表現は、義肢や補装具の装着前後のリハビリを、軍隊用語にしたものだった。

ここは、東京の城南に位置する住宅街であるのに、空襲による被害が比較的軽微だったのは、やたらと目につく屋根や壁などに標示された赤十字マークのためだった。これほどに焼かれた東京の街ではあるが、米軍の攻撃目標がいかに正確だったのかがうかがわれたのだ。

一見バラック建てのような訓練病棟も、いかつい扉を開けて中に入ると、意外に重厚な病院らしい空気が溢れていた。木造二階建ての病棟は、真ん中に廊下が通り、東側と西側にそれぞれいくつかの病室が続いていた。時々、松葉杖や義足のゴトン、ゴトンや、ギー、ギーというきしる音が響き渡り、異様な雰囲気だった。看護婦に診察室を案内され、初診を受けた。

室長と呼ばれていた衛生下士官Mの態度は、まるで横柄そのものだった。軍隊の解散により軍医のほとんどは復員し、彼だけが医務員として残されているようだった。

Mはこの病棟を牛耳っている実権を見せようと、虚勢をはっている姿がありありと見え、戦中の栄光を笠に着た権威主義者だった。真っ白い医療着を見せつけるように私と対したMは、外科医がよく使う専門用語をきざに駆使し、私の左腕の傷口を何度も容赦なく揉みながら、この皮膚を固めないことには義肢の装着はできない、自らもこの部分を訓練して鍛えてほしい、と半ば威嚇的に吠えだした。室長のご託宣はこうだった。

「日本は戦争には負けたが、この病棟には帝国海軍の伝統的な良いところが残されている。お前も患者としてより海軍軍人として毎日をこの訓練に励んでもらいたい。上級者と下級者との礼は失わないよう。看護婦とは深い関係にならないよう。患者の中に不穏分子が何名かいて病院を変革しようと暗躍しているから、これらに躍らされないよう病院の規則にしたがって行動してほしい」という内容をくどくどと喋るのだった。

それは医師と患者との対話というより、上官と兵との命令伝達だった。私はMの言う不穏分子の意味が最初わからなかったが、日がたつにつれて変革ということと併せてわかりだした。このとき、院内にはもう、民主化運動が吹き荒れていたのだった。

初めて過ごす訓練病棟のベッドは堅かった。昼間の入院手続きの煩わしさと緊張とで、神経質になっていた私は、容易に寝つかれなかった。何度も寝返りを繰り返しながら、この一年間の体験を断片的に思い浮かべていた。

一人の戦友とクラシック音楽

訓練病棟で単調な日々をもてあましているとき、病棟の二階に入院しているS海軍大尉と知り合いになった。私の生涯にとって、大きな節目と言える出会いであった。

S大尉は二十三歳になる海軍予備学生出身者で、特攻隊の生き残りだという噂だった。その日の朝は昨夜からの雨が降り続いており、ぼんやりと過ごしていた私の耳に、しばらく耳にすることのなかったクラシック音楽のメロディーが流れてきた。その響きに私は懐かしさがこみあげてきた。それはカンフル注射を受けたように、五体の感覚が息づき、血がみなぎるようだった。以前何回も聴いたことがある曲、ワーグナーの『タンホイザー』の荘厳な序曲だった。たまらなくなってそのメロディーの源を辿りたくなり、忍び足で二階へ上がっていった。音源と思われる部屋の前まで来ると、半分開け放たれた扉から、長い腕がニョキッと現れた。そして、ためらっていた私を大きく手招きして入れてくれたのがS大尉だった。

そこは将校以上の病室で、小奇麗な四人部屋だった。S大尉の傍らにある手巻きの蓄音機から流れるSPレコードのメロディーは、針が擦れる音の方が目立って高かったので、肝心のメロディーは、か細く聞こえた。

二人は無言のまま聴き入っていた。しかし曲が終わった途端、お互いに軍人とか階級とかいう意識はなく、つい先日までの学生同士が馴れ合うように、屈託のない若さと青臭さに溢れた雰囲気にたちまち変わっていった。

S大尉と語り合ったその日の午後は、久しぶりにくつろぎ、満たされた。

海軍大尉Sの右足は、九州の特攻隊基地で米空軍グラマン機の銃撃を受けて、大腿部に貫通銃創を負い、手術により切断されたという。数カ所の病院を経て、ここに入院した彼の病院歴は私とほぼ同じだった。

噂通り、特攻隊の生き残りであることを、ある日自ら語り始めた。S大尉の傍らにはいつも酒瓶が置いてあった。彼は酒の量が増えるほど多弁になっていった。コップ酒を飲む音は、言葉の合間をつなぐ語りのアクセントのように弾んで聞こえた。

「俺は、岩手県の山と山にはさまれた小さな町の生まれでね。貧乏だったから、軍人になるほかにはなかった。

そのころ、海軍予備学生という制度が飛行機乗りだけでなく一般の兵科にもできたことを知って、町役場へ行った。

新兵教育は君と同じ武山海兵団。ここを出てからが目茶苦茶だったナ。士官養成と聞こえはいいが、要するに新兵教育と同じだ。

今思うと海軍首脳部の配兵計画は全くいい加減だった。あのミッドウェ

陸軍特別攻撃隊を見送る女学生

ー海戦から用兵の策定が全く狂ってしまったんだナ……。

おかげで俺は、特攻基地の設営部隊から海軍航空隊を命令のまま転々とし、負けがこんでくると足りなくなった飛行機乗りへ簡単に志願させられた。こんなに安易に飛行機に乗れるとは思わなかった。少しでも知識があればよかったし、もう俺にはほかに通用する兵科がなかったんだ。要するに員数だナ……。

転々とした任地では、えらい連中の着任早々の訓辞はどれも決まっていたね。『お前たち学問を投げうってきた予備学生は、日本の将来を双肩に担っていることを忘れず誇りと勇気を持ってほしい！　お前たちの働きいかんによって、この戦いの勝敗が決まるんだ……』と、脅しのようなおだて文句はすっかり聞きあきてしまった。

海軍兵学校での教官や技術将校たちは、まさに本音を言っていたね。『海軍では、きさまらの頭脳や技能はいらん。ただ、きさまらの命だけを申し受けたい』と。そしてくだらんことに言いがかりをつけて、日課のように鉄拳制裁を続けるのだ。海軍のお偉いさんたちはナ、自分らと同じ兵学校出の海軍士官が一人でも殺されるのがもったいなくて、俺たちのような学生を士官にして、兵学校出のタマ除けにしようとしていることがだんだんわかってきた。

予備学生は消耗品、兵学校出こそ決戦用、という戦力温存作戦を、いつの間にか立てていたのだ。

俺はこの片足を失った代わりに、軍隊の恐ろしさと、この国の欺瞞に満ちた政治や戦争のやり方を少しは見抜けるようになってきた。その中身を知れば知るほど、自分の軽率さが恥ずかしくなるだけで、どうしようもなくなるのだ。そして、この怒りを誰にもぶつけられないと思うと、余計に情けなくなってくるんだナ。

特攻隊の基地では、仲間の出撃を幾度となく見てきた。もう誰が考えても負け戦だと思っていても、それを口にすることはできず、自分の明日の確かな命も信じられず、毎日が胸を締めつけられるような思いだった。次々と沖縄海域へ飛び立つ仲間の特攻機を送り出すと、今度は俺の番だといつも思っていた。兵隊を殺して攻撃すること自体が目的で、帰還する必要はない、だから帰りの燃料は積んでいかない。仮に命があっても帰ってこられないんだヨ。

こんな無茶な作戦しか立てられない参謀たちのために、俺たちは命を賭けてきたんだ。『死して悠久の大義に生きよ』だって？……笑わせるんじゃない……。だが、そういう俺は特攻出撃を前にして、グラマン機の銃撃に片足をえぐられてしまった。片足を引きかえにグラマンから命を買ったようなもんだと、戦友たちに笑われていた。このとき、俺は本当に死にたいと思った。片足を失った敗残兵の姿をさらすより、このまま片足でもいいから特攻機に乗っていさぎよく……突っ込んでいきたかった。だが、その飛行機はもう一機もなかった」

S大尉の目にはいつしか涙が滲んでいた。私も自分のことのように聞き入っていた。

「病院で足の治療の間、悶々とした日が何日か続いていた。戦友に申し訳なくて、傷の痛みより心の痛みの方がこたえた。次々と戦友が死んでいく情報がそれとなく入ってきた。それは歯がゆい辛さだった。

人は生まれ方は選べなかったが、生き方と死に方とは選べるんだ、と思えるようになってきた。そして生かされてしまった以上、死に方が決められるまで生きてみようと思うようになった。

今だから言えることがたくさん出てきた。戦争というのは、表向きはどんな立派な理屈をくっつけても、結局は人間と人間の殺し合いだろう?

昔から戦争というのは力で何かを決めるために起こしたものだが、人間と人間が殺し合ってまで決めねばいけない大事なものがこの世に果たしてあるのだろうか、疑問になってきたんだ。

この戦争はいったいどういう戦争だったのか、俺が片足を失った意味を自分で納得するためと、俺たちの仲間が命を投げ出したことの本当のところを見極めねば、これから先、生きていけない気がするんだ」

こんな調子で毎日のようにS大尉の話は続けられた。その間、意見を何度か求められたが、私には彼のような意見は言えなかった。しかし、この病棟生活の中から何かが生まれるような気がしてきた。彼の告白とも言える体験談は、私が抱いていた漠然としていた疑問が解明される手がかりのようなものが感じられた。自分のこれからの生き方の目標がおぼろげながら見えてくるような気がした。

　思い起こせば昭和十八年の冬、東京の映画館のニュース映画で〝学徒出陣〟の壮行会シーンが上映され、私も見ていた。びしょびしょと雨の降りしきる神宮外苑、あてがわれた銃を担って堂々と行進する多数の大学生の隊列は、壮観とも悲壮とも思えた。画面には映っていなかったが、S大尉も隊列の一人ではなかったのだろうか、と思ったりもした。

　戦争の末期、南方諸島の日本軍が次々と玉砕していったころ、この隊列にいた大多数の予備学生たちが、戦闘機・零戦で特攻隊として、空や海の果てに消えていったことを思うと、同じ学徒兵として胸が痛んでくるのだった。

　S大尉とはその後も、人間の〝死〟について語り、歴史を考え、戦争を

零戦

呪い、そしてクラシック音楽を堪能しながら文学を論じ合った。戦争のない平和な空気は、二人の胸にいっぱい吸い込まれていった。

忌まわしい戦争の中で死と直面した同士とは思えないほど、二人とも陽気で、青年の青臭い活気がみなぎっていた。

病院にも押し寄せた民主化の嵐

季節が冷えだしたその年の晩秋、Ｓ大尉は些細なことで退院を強いられた。

アメリカによる民主化の嵐は、病院内にも蔓延していった。民主化運動は、結果的に私たち患者の日常生活の規制につながっていった。病院側と、患者委員とで構成する組合で交わされた院内の飲酒禁止規定に違反したとして、Ｓ大尉は告発されるのである。Ｓ大尉の日ごろの飲酒行動が病院側と患者委員に対して刺激を与えてしまっていた。

Ｓ大尉も、形式的な〝民主主義風〟に躍らされて退院させられた。私は病院側と患者委員の、次々に打ち出される規則には、我慢がならなかった。

以前から双方の対立状況がないにもかかわらず、自分たちの存在をアピールするために、S大尉の反病院、反患者委員という態度を理由にして、S大尉排除を共通の議題とした対策合戦を繰り返し始めたのだった。

それぞれの権威とメンツを立てようとする構想は激しく続いた。それは、表面は病院の民主化を目標に掲げていたが、中身は単なるS大尉に対する中傷行為にすぎなかった。

そして思うように運動が展開しないとなると、今度はS大尉に始末書の提出を求め、決着をつけようとした。彼は、両委員たちの姑息で曖昧な手段に対しては全く取り合わなかった。飲酒行為を具体的に把握もしないことに、S大尉は大きな怒りを抱いていた。

彼の主張に対し、周りの者は同情的だった。

飲酒は今の自分にとっては欠かせない生き甲斐のようなもの、健康管理と更生意欲には必要な薬だと思っている。それによって周囲や病院側に迷惑をかけていないことを力説し、具体的に証明もしていた。だが、三カ月に及ぶ双方の意見対立の末、S大尉の希望退院ということで決着し、病院の紹介で彼の郷里の病院へ転院ということになり、この件は最初からなかったこととして終わった。

年の瀬も押し迫った寒い日、親しかった患者や看護婦たちに見送られてS大尉は病院を去った。その前夜、私は久しぶりにS大尉と酒を酌みかわした。飲めない酒を無理に飲み干した私は、半分やけになっていた。だが彼はいつものように淡々とした態度で、私たち同調者と話しこんでいた。

「これからの世の中は、こんなつまらない形式主義と権威主義がはびこっていくようだなァ。君はあまり関わり合わずに、自分の道へ戻ることだな。成り行き任せでなく、自分を中心に考えながら生きることだ」と。自分のことは何でもなかったことのように笑い飛ばしていたS大尉であった。

明晰な頭脳と、溢れるような情熱を秘めている元海軍大尉Sは、特攻隊を志願し、死に立ち向かう自分の生き様と、戦友たちの死を冷静に見つめ、汗と涙で戦場を乗り越えてきた。だからこそ、その陰影には深い魅力があるのだ。その存在感は大山のように厳然としている。自分以外のものを思いやる愛情と磨きのかかった感性は本物で、豊かさと温もりがあった。彼には人を丸ごと包み込むような慈父を感じさせるものがあり、これからの私の生き方に何かの芽生えを与えてくれていた。

私は自分の信念を貫くことの難しさ、人間社会に溢れている数々の虚飾と欺瞞とが、いかに人間を俗物化していくかを学んだのだった。だが、私にとって一番大きなこと、それは〝戦争〟という最大の罪悪を、こんな形で認識したことだった。そして、S海軍大尉と逢う前の自分と、彼の体験談を聞いてからの自分との違いを感じ始めた。

彼と私は同じ体験を経て生きてきた。そして、足と腕との負傷の違いはあるものの、学徒兵出身の戦傷軍人である。さらに、兵科と階級こそ違うが同じ戦争を戦ってきた戦友である。なのに戦争への認識では私の方がはるかに幼稚であり一面的だった。

これは、年齢差と学歴差からくるものだった。私の場合は軍国少年の戦争ごっこのような認識で、軽はずみな気持ちからの戦争参加だった。S大尉に遭遇しなかったなら、彼のような戦争批判は持てなかっただろうし、以後の私の人生観も違うものになっていただろう。

訓練病棟の生活とS大尉との出会いは、私の生涯からは永遠に消えない金字塔であり、心の底にしみ込んで、いつまでも色あせることがない。

第六章　戦争を語り継ぐ

急速に風化している戦争体験

私が〝変節〟という言葉を知ったのは戦後になってからと記憶する。変節というのは、自分の信念や主張を時の流れに媚びて変えることである。思い起こすと、軍国少年であった時代、国の体制の中に完全に組み込まれていた私は、自分の信念や主張など、もともとあるはずはなかった。そしてこのことを意識したのは病院生活からだった。戦争末期、狂ったように叫ばれ、自分でもそう思い込んでいた〝必勝の信念〟なるものが、いかに当時の政府や軍にとって都合のいいものであったかを知った。信念が、一人一人の日本人の心底から生まれ出たものだとして、またそう思い込むことが日本人の誇りと義務と資格とされてきたのである。それが突然、まぼろしの信念だったとわかったときの、めまいのような衝撃を忘れない。

このことの中身がわかりかけてきたのは、病院での体験、特にS海軍大尉との交友からだった。

このときS海軍大尉は、明らかに彼の変節の過程を私のような者に語っていた。それは同時に私には以後の成長の足掛かりでもあった。

時流に身を任せきっていた私の必勝の信念は、単なる〝時の酩酊者〟のそれにすぎなかった。そしてS海軍大尉との交友直後の私の変わりようは、時流の酩酊から覚めた無垢な一若者の一里塚であったような気がする。『自分の道に戻ることだな。成り行き任せでなく、自分を中心に考えながら生きること』を戦後の生き方として暗に教えてくれたS海軍大尉とは、その後一度も逢っていない。

戦争を一人の人間の青春の回想で終わらせようとしていたり、あるいは

戦時中のポスター

終わってしまっていると思い込んでいる私たち世代の多くの人たちの中で、自分だけは違うんだと叫んだところで、それは気負いだけで何も生まれないと思う。

私自身の問題として、軍国少年時代、時流に酔っていた意味を明確にすることは、私の生涯像を知ることでもあるし、それを除いたら私には何も残らない気がするので、あえてこの時代の生き様の記録を続ける気になっている。そしてさらに、その大きな理由として私の昭和時代、わけても戦争体験が時の流れによって、今急速に風化し始めていることを思うと、この気負いが徐々に増してくるのだ。

戦争を語り継ぐ勇気を

昭和の激動期に生まれ合わせた私も、当然ながら国と運命を共にした。無知、無自覚に、戦争という異常でしかも悲惨な状況、その渦の中に身を投じた。さらに敗戦という絶望感から、戦後の政治と経済が生み出した様々な混乱の中で、あえぎあえぎ何かにすがって生きてきた。

この時代に生きて、すでに九十年にもなっている。今、自分の世代の軌跡を掘り起こそうとしているその動機は、そのことが私のこれからの日常を過ごすための手段に思えたからだ。

さらには、国と運命を共にしたことが、同時にそれを自分に与えられた運命としてとらえてきた半生を、時代の流れのすさまじさに抗し切れなかった分だけ、今度は冷静さと正確な時代認識を持って自分の問題として学習したいと思った。漫然と、ただ自分の過去を見つめることは誰でもができる。これをあえて避けたいと念じながら自分の過去にメスを入れたかったからだ。おこがましいことだとは思いつつ……。

昭和時代というシナリオは、私という人間を操った大きな舞台だった。その操られたものが何であったのかを検証しないと、再び自分を見失うような気がする。

昔は、人生五十年と言っていた。だが、寿命が延び、大した健康のための努力もしないで、九十年以上も生きていられるようになった。

今ある私は、昔ならとっくに死んでいる年齢だ。このはみ出し分を、過去を探る時間に費やさねばならない。そうしないとこれから過ごす月日の経過は、私をどんどん忘却の彼方へと追いやってしまうような気がする。

戦争を知らない世代が増加しているのは当然とはいえ、日本が関わった過去の時代の戦争の罪悪性をどこまで認識しているか、大きな疑問を私は抱いている。

昭和二十年七月、少年兵の私は、ばらまかれた焼夷弾の直撃で左腕を打ち砕かれた。思春期の恥じらいに満たされていたこの少年期の戦傷によって、体の変形、人並みでない動作や所作は私に引け目のような思いを呼びこんだ。この生活上の異常性は、いろいろ形を変えてやってきていた。

それから七十年経った現在まで、私は片腕の人生を過ごしている。

人並みの就職をし、普通の家庭も持ったつもりでいるが、健常者の日常生活からみると、とうてい理解できそうにもない仕草や行動をしたり、奇異と思えるような無意識な行動を、それと知りながら取らざるを得ないことも多かった。季節の寒暖によって、関節から下は失われているのに五本の指先に痛みやしびれを感じたり、無くなっている指先で物を数えたりしていた。この末端神経の幻覚症状は今でも続いている。医師の言によれば、これらの医学上の解明は難しいとのことである。

戦争体験はその人特有のものが多い。私の場合、むしろ戦争の中の災難だったと言えるのかもしれない。

当時の軍国少年だった私の戦争理解は、幼稚そのものだった。今、この体験を人に伝え、理解してもらうことは、私一人の力では至難であるような気がするし、戦争そのものを伝えることも年月の経過が困難にしている。

今、七十数年前私が神秘的な美しさに見惚れていた大空を、日本人の飛行士を乗せたアメリカのスペースシャトルが、青い地球を泳ぐようにして宇宙観測を続けている。この様子は、テレビの実況生中継として見られるようにもなった。飛行士たちは、地球にいる我々に誇らしげにメッセージなどを送信している。彼ら若者たちは、今や最先端を行く人類のヒーローになっている。「日本人」という狭いくくりではなく、国際人、あるいは地球人、今では「宇宙に向かう人類」といった広いとらえ方が必要とされている。

人類は今、生きていくための環境作りに飽くことのない執念を燃やし続けている。

こんな中で半世紀前の傷ついた一戦争体験者が何を言ったところで、世界が変わるわけではないが、宇宙船が地球を離れて観測を続けるうちにも、地球上には、広島原爆の百万倍の破壊力を持つ三万発に及ぶ核兵器が存在すると言われている。しかも、二〇一一年の三月十一日に起きた東日本大震災によって起きた福島県第一原発の爆発事故は、いまだに対策が何ら講じられてはいない。人類はこれから「破滅」に向かっているとしか、私には思えないのだ。

このことと宇宙観測をどう結びつけたらいいのだろうか。

今日本で、広島に、そして長崎に原爆が落とされた日を、ちゃんと知っている人がどれだけいるだろうか。戦争を単に歴史上の出来事としかとらえない世代が増えているのは事実だ。そしてやがては、第二次世界大戦を体験しない人だけの世界となり、先人から聞いた記憶だけが残るようになるだろう。そんな時代になっても、過去に人間が起こした戦争という最大の罪悪は拭い去ることはできないし、その愚かさや悲惨さを後世に伝えることの重要性を否定することもできないと信じる。

私のような戦争による「負の遺産」を持って生き延びた者が、証言と称して後の世へ伝えることにどれだけの意味があるのか、という漠然とした自己嫌悪をも抱き続けている。

だがここで、戦争体験を明かそうとする理由を、単純に言えば余生を推し量った私の開き直りであると自ら思い込んでいる。

個人体験としては戦争には触れたくない部分ばかりであるし、これまで

長崎に投下された原子爆弾のキノコ雲（1945年8月9日）

私の心根は戦争を呪う被害者意識が土台となり、いつも消極的になっていた。しかし、この開き直りは体験した戦争の意味を、書かれた歴史以上に知りたいと思うようになったからだ。そして、この国の歴史が、私の軍隊経験以前に教えられた内容とあまりにも異なる気がしたからである。それを今までの自分の不勉強のゆえでやり過ごしていたことに気づき、自分で納得できるような自分の歴史も知らなければと感じたのだ。

この年齢になるまで曖昧さと意味不

明に慣らされていた私は、このことを気がかりのまま過ごすことは、余生の生き方にとって大きな支障になるし、後悔することを恐れたからである。

戦争責任の推移と記録

私が任意に名付けたこの「十五年戦争」の国際情勢やら、政治と戦況などの記録や記事の文献は、今日では詳細に、しかも豊富に、この時代に生きた人々によって語られ、残されている。その文献名を辿るにも膨大な労力を必要とする。そして、私のような、この戦争の末端にいた者（あるいは先端かも）が、一人の体験者として執筆することには、ある意味の白々しさを感じる。

一兵卒で軍隊に入った人や将校で入った人、そして召集令状で強制された人と志願での人、職業として進んだ人、同じ戦争体験を語る上での認識がそれぞれ全く違うように思えた。幼年学校から士官学校、陸軍大学へと進んだ職業軍人の場合は、軍隊も出世するための〝人生の土俵〟のようなもので、私のように初年兵からの体験とは全く異質なものである。

辻政信という人がいた。陸軍の参謀で、ノモンハン事件、バターン死の行軍、ガダルカナル島戦などの作戦を立て、その無謀な作戦は数万、数十万の戦死者を出した。しかも、敗戦になると、僧侶に変装して逃亡し、戦犯の時効が切れるまで潜伏。時効が切れた一九五〇年に、逃走中の記録『潜行三千里』を出版、ベストセラーとなると、その知名度を利用して衆議院議員に当選。以後十年近く政治家としての栄光をきわめ、一九六一年東南アジア視察と称して公費で出国。行方不明になって、記録上で生涯を閉じた。

陸軍幼年学校、士官学校を首席で卒業、陸大は三番で卒業。以後はエリートコースを歩み、陸軍の作戦を支配し、戦争犯罪者として裁かれることなく時効を待って出現し、責任を問われることなく政治家になって国会の勢力になっていたのだ。彼の栄光の裏には、数十万の兵士が戦死し、都市という都市が焼け野原にされた事実がある。戦後の国家も、彼を咎めるどころか栄光を与えているのだ。

戦中、戦後を通して、時の陸海軍の上層部、官僚、政治家、資本家など、国の運営にあたるエリートたちは、アメリカとの国力の差などは開戦当初から知っていたし、勝利の可能性などは信じていなかった。それを言い出すことは負け犬の遠吠えだと思っていたのだ。

そして、この戦争がいつ、どこで起こり、なぜ負けたか、国の上層部の機関は、この戦争の総括をしなかった。しかも、国民一人一人にまで責任を被せ、〝一億総懺悔〟というスローガンを掲げ、すべてを曖昧化しようとする政策は、今も変わってはいない。

本書第一章の冒頭には、終戦（敗戦）の日を八月十五日とし、日本人として歴史の上での節目の日であると表現した。

しかし、記録を辿ると、この日以降もいまだ戦争状態が続いており、収まらない地域があったのだ。満州、樺太、千島列島などのソ連（現ロシア）を境界とする戦線である。

「日ソ中立条約」を一方的に破り、八月九日、満州に侵攻してきたソ連軍の勢力は、圧倒的なものであった。

関東軍司令部は、なすすべなく撤退し、満蒙開拓団として入植した夥しい数の日本人を置き去りにした。その結果、悲惨な出来事が起きた。女性や子供を含む数多くの民間人が、ソ連兵による容赦ない略奪、蹂躙に曝されたのである。

また、八月十五日以降も、ソ連は攻撃の手を緩めなかった。二十八日には、択捉島、九月四日に歯舞、色丹島を占領した。ソ連のある外交官は、「我々ソ連は、日本が降伏文書に署名した日（九月二日）が戦争の終わりであり、それまでは戦争状態だったのだ」という。〝戦後〟も戦争は続けられていたのである。

歴史誤認と戦争の総括

日本の二十世紀を単純化すると、前半は軍事大国を目指して躍進し、そして没落。後半は経済大国を目指して繁栄し、その後急落した時期、と区分できる。

まずその前半期、一九四五年までの日本は、戦争の連続だった。その大半が中国への出兵である。

当時の日本は指導者も国民も、大きな歴史誤認をしていた。日本軍がいくら奥地へ攻め込んでも中国は屈服せず、講和にも応じなかった。結局、日本の政治家や軍部は、中国人民の底力を侮っていた。それが、結果的に日米戦を招き入れたのだと思う。この敗戦の奥底にある真の原因はここにあったのだ。日中戦の泥沼から抜け出すには、中国からの撤退しかなかった。

「日本の国土は狭く、資源が乏しいのに人口がその割に多いので、国の発展のためには、大陸や南方へ進出して植民地を獲得するほかはない」という政府や軍の宣伝を国民は信じていた。それに「共産主義の魔手から防衛するため、満州や朝鮮はどうしても必要とする」理論を盛んに取り入れていた。特に「満州は日本の生命線である」という言葉は国民の常識であるとして広められていたのだ。

とにかく我々日本人は「自己本位」で、自分を他者との相互関係として考えることを好まない。このことは戦争の被害者と加害者の関係についても言える。

満州引揚者の言語に絶する悲惨さは強調しても、それ以前に満州で何をしたのかは、語らない。

　原爆を浴びた広島、長崎の被爆者の苦しみと、日本軍が大陸で行った慰安婦や捕虜への虐待、南京での大虐殺などの加害行為を、戦争の全過程の中で関連づけるという歴史認識に欠けていた。


　以上のことに限らず、戦後の日本の政治は、戦争の総括を曖昧にし、責任を回避し、若い世代には近代史の教育を怠り、戦争の真相を知らせないできた。私事で言えば、この項目に関する戦争の真相については、国を挙げて毎年のように語られ、議論はされている。その都度の結論らしきものは見られるものの、戦争に参加した一人として、自分に対しての評価（加害者の立場と被害者としての主張）は、正直に言えばいまだに出されていない。

　日本のある首相は「後世の歴史家の判断に待つ」などと国会答弁までし

ている。ただ、指導者のこうした弁は明らかに「逃げ」としか受け取れない。

私にとって、戦争のとらえ方は、日常の生活の方向性にも通じている。ただ戦争の体験をしたから、独特な記憶を持っているから、という特殊性だけの慢心は、捨て去らねばならないと常に思っている。

戦後を把握することは、この戦争を意味づける大きな資料でもあり、この現在の戦争観の中で、どう生きるかの教材である。それは、戦争の推移とその記録をどうとらえるかによって左右される。

戦争と歴史を考える書

Ｅ・Ｈ・カーというイギリスの歴史学者は、その著書の中で繰り返し述べている。「歴史とは現在と過去との間の尽きることのない対話である」（『歴史とは何か』清水幾太郎訳　岩波新書）。

一九六一年（昭和三十六）、ケンブリッジ大学で本題の連続講演を行い、これを出版したものである。清水幾太郎による「はしがき」より抜粋する。

過去は、過去のゆえに問題となるのではなく、私たちが生きる現在にとっての意味のゆえに問題になるのであり、他方、現在というものの意味は、孤立した現在においてでなく、過去との関係を通じて明らかになるものである。したがって、時々刻々、現在が未来に食い込むにつれて、過去はその姿を新しくし、その意味を変じて行く。我々の周囲では、誰も彼も、現代の新しさを語っている。（中略）

過去を見る眼が新しくならない限り、現在の新しさは本当に摑めないであろう。Ｅ・Ｈ・カーの歴史哲学は、私たちを遠い過去へ連れ戻すのではなく、過去を語りながら、現在が未来へ食い込んで行く、その尖端に私たちを立たせる。

この書に触れながら、今、戦争と歴史、戦争の歴史を考えるとき、共に過去も現在も、そして未来においても「人間の意志」がそこに働きかけ、投げかけられている宿命のようなものを感じる。

私が、この項で特に戦後史の傑作として紹介したいのは、アメリカの歴史家ジョン・ダワーが二〇〇一年に岩波書店から出版した『敗北を抱きしめて』である。一九三八年生まれのアメリカ人による、八百ページを超す大著の中には、日本人でさえも思いも及ばない精緻な研究と卓抜な歴史観が展開されており、私はただ驚愕するばかりであった。

私が戦後絶えず抱いていた戦争に対する思いや疑念などが容赦なく暴かれており、多くの事柄が氷解したのである。

以下、私が特に感銘を受けたテーマについて簡単に抜粋し、まとめた。

◉戦争終結者

すべての先例を破り、近衛兵の反乱と混乱をかいくぐり無能な閣僚たちの反対を抑え、自ら電波を使って臣民に話しかける方法を考え、終戦詔勅の録音盤による声明を出したのは裕仁天皇自身であった。それは磨かれた宝石のような出来栄えであった。

◉戦後の日本人

戦後の長い期間を通して、日本を見事な復興へと導いたエリートたちのほとんど全員が、戦争と敗戦を自ら体験した世代の人々であった。彼らは、日本の遅れた科学や技術や資源からいって、あの戦争は愚かであったと考えていた。

◉大東亜戦争

中国の共産主義や軍閥、それに東南アジアを支配している欧米の帝国主義者を駆逐するための戦争であったという考え方を信じ続けたものも相当数いた。日本が行ったとされる極悪非道な残虐行為については、多くの日本人はそんなことはあるはずはないと思い続けた。そして事実上彼らの全員は、国家に奉仕して死んでいった友人や知人を、心から悲しみをもって回想していた。こうした指導者は、今やほとんどが舞台から姿を消している。

◉東京裁判史観

彼らのこうした愛国心によって、日本は世界の多くから軽蔑と不信感を受けることになった。このことは同時に後継者たちにひとつの未解決の問いを残したということである。それは「東京裁判史観」の鵜呑みにつながると思われたからである。

◉従属的独立の遺産

日本はどうすれば他国に残虐な破壊をもたらす能力を独力で持つことなく、世界の国々や世界の人々からまじめに言い分を聞いてもらえる国になれるのか？　この問いこそ「憲法第九条」が残し、「分離講和」が残し、

「日米安保条約」が残したものである。それは軍事占領が終結し、日本が名目的な独立を獲得したときの従属的独立の遺産である。

◉憲法第九条の夢

憲法第九条の精神に忠誠を誓えば、国際的な嘲笑を招く――それは一九九一年の湾岸戦争でイラク攻撃のために日本が実戦部隊を派遣せずに資金だけを提供した時にあざけりを受けた心痛む経験によって明らかになった。他方、憲法第九条を放棄すれば日本は過去の敗北を取り消そうとしているという激しい抗議を招くことは疑いの余地はない。日本の保守派以外に南京虐殺を忘れているものなどは一人としていないからである。

このように、ジョン・ダワーは平和を求める日本の夢には罠にかかって動けないような苦しみがつきまとっている、と述べている。私も同感である。

総親米化は真っ平だ

二〇〇〇年代になってブッシュの勇ましい進軍ラッパのような演説を流しているＣＮＮやＢＢＣのＴＶ画面を横目で見ながら、これが戦争だったのかな、という思いが湧いた。

そして戦争はよい意味でも悪い意味でも、もう自分の描く観念世界からは遠く離れてしまっているという感覚が同時に押し寄せてきたのだった。これはまさに、家にいながらのリアルタイムの戦争見物。タイムリーに臨場感を伴って破壊と悲劇を見せつけながら、人々を興奮させているこの戦場シーン。画面だけなら電源をオフにすれば消える。

だが、多くの民間人や子供が殺されている現実の破壊を、いったい誰が止められるのか。そして、長い間、自分の体験から反戦を唱える一市民として自負していたことが、ある空しさに覆われ始めた。自分の反戦の姿勢がいかにも古色蒼然とした、しかも稚拙な論理の展開のような気がしてきたのだ。戦争のテレビゲームのような場面でブッシュの吠える姿は、怒りすら超えた、遥か彼方の天体から突然現れたグロテスクなエイリアンのようにも見え始めた。

これから述べる戦争論についての筆者の立場を言うなら、まず私は第二次大戦で少年兵を志願させられた旧軍人であること。そして今は二十世紀の元公務員・中高年者の一人として、所得税法上でいう、年金生活者という社会的立場にいることである。

軍隊から帰還することを「復員」と言っていた。体験したので実感はわかるが、どういう語源なのかはわからない。『広辞苑』をひくと、「動員」の反対だという。そういえば私たちの初めての戦争参加は、その勤労動員（学徒動員）であった。戦争に動員されてはいるが決して同調者ではなく、多くの日本国民が被ったように、一方的な被害者であった気がする。まず太平洋戦争による罹災を体に受け、精神はひととき喪失し、さらにはアメリカ空軍の空爆による家財いっさいの焼失、避難による家族の離散などを味わった体験者の一人として、あの戦争の忌まわしい思いが根底にあることをまず前提に置きたいのだ。

私の戦争に対する憎しみは、半世紀以上にわたり続いている。戦後に生を享けた人たちから比べると、人一倍、戦争に対しては直情的であり、ややもすると異常で客感性に欠ける面が多々あることを、自分自身感じながらも、冷静にこの筆を進めたつもりでいる。

イラク戦争当時、一番目についたのはイラクの被爆住民たちの姿だ。それはあの東京大空襲の無差別絨毯爆撃を彷彿させた。あのときの都市住民は「鬼畜米英」を叫んでいた。敵と称した国の軍隊も、イラク攻撃の軍隊と同じだった。時代こそ違うが状況的には同じである。

ある軍事大国が、独裁国の大量破壊兵器を吐き出すよう圧力を仕掛け、第三者機関に査察までさせてこれを奪い、丸腰になったその国を、今度は自分で造り上げた精密大量殺戮兵器を使って、艦船から、地上から連日幼児を含む無辜《むこ》の住民を殺しまくっている軍隊。こんな飛躍的な不条理を何気なく映しまくり、報道している神経。私たちはこんな野放図な画面に一刻も早く慣れなければいけないのだろうか？　こんな直情的に激怒しているのは私だけなのか？

二十一世紀初めに起きた正体不明の破壊行為（同時多発テロ）以後の戦争の世界の中で、筆者のような立場の人間が今、何ができるのか。何を為すべきかを少しでも探りたいので、こんな思いついた論理になってしまっている。

一九四五年八月十五日まで、日本には「銃後」という言葉があった。戦場で戦う軍隊に対し、「内地」といって非戦闘員の住む本土、すなわち「銃」の後ろで戦う老若男女の民間人の呼称だった。だが遂には銃の前、後ろは関係なく、すべてを巻き込んでしまったのだ。さらにその犠牲者の大部分は、最前線の下級軍人と銃を持たない一般民間人で、戦争指導者はわずかにしかすぎなかった。その一握りの指導者も、犠牲となった「英霊」といわれる大多数の兵士たちと一緒に大きな神社に祭祀されている。

この意味するところを探求せずにいるのは、戦後の政治リーダーたちである。彼らは過去の戦争の反省すら見られず、相変わらず自己満足に堕して国を動かしている。

太平洋戦争で、大都市が戦禍に曝されていたころ、世界の情報には全く無知で、政治比較すらできない指導者のもとで私たちは、「神国日本は不滅！　聖戦完遂、鬼畜米英撃滅」などと叫ばされてきた。いっさいの抵抗勢力は、軍事・警察権力により弾圧・完封され尽くされ、人間の思想信条は、国民の生命財産と一緒に丸ごと抹殺されていた。高邁な理想を掲げたつもりで自ら仕掛けた戦争であっても、結果として残ったものには、無意味な荒廃と惨敗感、そして次にくる恐怖以外の何物でもなかった。歴史を忘れた民族は滅亡する。と同時に、戦争の結末を明確に認識できない民族も堕落し続けると思う。

戦争の世紀だった二十世紀は、その国の持つ歴史的理念のいかんを問わず、参戦した各国には戦争遂行のための国論は見事に統一されていたように思う。アメリカにおいても、ヨーロッパやソ連においても明確な国論を有していた。そして、わが日本においても、太平洋戦争の遂行のためには一色に塗りつぶされた国論をそれなりに有していたように思うのだ。国論とは辞書によると「世論」と同意義の語とされている。しかし、日本の場合は、自ら突入した戦争とはいえ、国家理念とか、精神とか知性とかは全くといっていいほどなく、ただ神懸かり的な信仰と、世論統一のための作られたスローガンと、退廃したプロパガンダがあるにすぎなかった。それは一時的な国論であったかもしれない。このことは、戦後の諸文献が多くの分野で追及している。

国論とは、いったいなんであるのか。一般に言う世論と為政者が言う国益とは違うものなのかどうか。

そのことを論ずる以前に、戦争というものこそ、理由のいかんを問わず、すべての安らぎと、人々の命と生活をどん底に落とし込むことを知らなければ話が進まない。そして「正義の戦争」とか「解放戦争」とか「自由への戦い」といった知性的な意味を持った戦争などは絶対にあり得ないのだ。

それを、全身に受け、実感させられたのは、ほかならぬ私たち戦争体験者であり、人生を破壊された多くの日本の高齢者であるはずだ。にもかかわらず、これから迫っている戦時体制のような事態に迎合し、過去の郷愁からか、これを是認しようとする輩のいることは、私から言わせれば驚くべきことである。

軍隊経験のある高齢者が時々吐く、「軍隊はいいところだった」「男としての貴重な体験をした」として軍隊を肯定的に受け入れる、その同じ人間が「だが、自分個人としては戦争は反対だ」と言う。おそらく彼らは、自分はもう年齢徴兵されることはないという安堵感と、ある種の達成感を味わっているのであろう。また自身をそう思い込ませているのかもしれない。

そして改憲主張者は、「他国の暴力から国を守ることは国民の義務であり、当然のことであるから常に軍備は必要である」さらに、「戦争は必要悪の一つである」というところまで飛躍する。また暴力も時には必要であり、子供のしつけと同様に、やるべきことをやらない国には時には、「しかたなく」制裁を加えるのも必要であり、国際社会からみての正義であるという論法だ。この「しかたなく」には、もちろん理念などなく、時には状況に応じてであり、その場の雰囲気で国益に合致すればそれでいいとする。

しかたなく無責任な言辞を堂々と言う政治家の下で、今日本の戦時体制が新しく組まれようとしている。第二次大戦の加害者も被害者も、違った意識で同時代に混在しているこの国に、また、戦争の無益さも体験した高齢者がかなり生存しているにもかかわらず、新しい戦争が地球の一部で始まった今、新しい体制作りに邁進しだした。

果たして従来の観念でこの戦時体制を生きていかれるかどうか。自分のこととして深く追求していかないと、自分を全く見失って右往左往する難民と同じ運命を辿るような気がするのだ。

＊

今の日本の首相は、国民の世論を意識しながらも、アメリカの強引な戦争への抱き込みを画策しているようだ。それがまず、戦争を挑発するその国（アメリカ）の戦争政策への全面支持という政府表明であった。首相は「アメリカの正義」を日本の国家利益を盾に、しかたなく受容するという言い方から始まっていた。日米同盟があるからだという。さらには「この国を守るとはっきりと言ってくれる国は、唯一アメリカだけだ」と手放しで喜んでいる姿を見ると、「しかたなく」ではないようだ。

アメリカがこの国を守るということは、沖縄、横須賀をはじめとする日本国土に点在するアメリカ軍施設への攻撃が、日本の国土そのものへの攻撃にほかならないからだ。日本が、アメリカ以外の国の攻撃に曝されないためには、まずアメリカの軍事基地と軍港を日本から撤去させることから始めなければならない。日本が日米安保があるからといってアメリカのすべての基地を認め、外敵の餌食になることと、仮に、軍事基地を撤去して丸腰になることと、どちらがより安全なのかは検討に値すると思う。常に戦争を仕掛けるアメリカの戦略基地から離脱するためには後者が適切である。

日本は戦争を禁止している憲法を持ちながら、最初から戦争をすることしか念頭にないアメリカの戦争支持を打ち出した。これはまさに、日本の名誉を捨てた参戦と同じである。日米安保条約には、日本を丸抱えで守ってくれる規定はない。日本の防衛には軍備を放棄した日本側の要請に基づくとしている。この条約の基本は、日本にある米軍基地を確保するための日本側の義務的規定が中心である。在日米軍家族の日常生活を擁護する

「思いやり予算」はいまだに続いている。条約上アメリカ側の軍事戦略から見れば、基地を守ることと、日本を守ることとは全く別の問題である。だが他国からの米軍基地攻撃は、日本を攻撃しなければならないようになっている。この基地攻撃で真っ先に被害者になるのは日本国土であり、日常の日本人の生活の破壊から始まるのだ。

二十一世紀に入って、時の勢いはこんな悠長なことを言っていられない事態になっている。「テロ」どころか明日にでも私たちの空の上から爆弾が落ち、弾道弾ミサイルが飛び交うことになりそうだ。そしてかつてのように、国民が本土防衛の一員としてカービン銃を持たされるか、攻撃の盾になることも予想される。これはまさにアメリカの戦争の「銃後」の一員どころか、米軍基地防衛の第一線兵士になるという立場にもなるのだ。

日本の国家利益はアメリカの唱える「アメリカの正義」を実現させるこ

とによってではない。なのに歴代の日本政府に浸透し貫かれているのは、アメリカ追従の姿勢である。それも醜い卑屈な態度で、躍起になってアメリカの関心を引くように努めている。いつもの内閣が変わるごとの首脳、閣僚のアメリカ参りは、まさにこの茶番劇開始の序幕シーンである。日本の政治家はアメリカあっての日本のつもりでいるが、日本あってのアメリカ軍隊では決してないのだ。だから何をやっても日本の姿が国際舞台に現れてこないのだ。

国際社会に目立った存在になることを夢み、それに貢献することに躍起になればなるほど存在感が薄れていくのは、稚拙な外交のほかに、国としての一貫した理念がないからで、日本国独自の姿勢や方針が最初からないからである。

国連にはトップクラスで多額の運用資金、分担金を拠出しているが、世界でこれを知っている人は少ないし、日本はこれにアピールもしていないし、これによる独自の主張もしていない。新興国には経済援助やら資金提供などを盛んにやり、内紛紛争や難民が出ると医療や食糧などの援助を真っ先にやり、経済大国ぶってはいるが、政治力で強力に押してくる相手になると、ろくに口もきけないで尻込みをする。

第二次大戦が終わって八十年近くにもなるのに、対米コンプレックス追従外交は改まっていないどころか、ますます言うべきことすら言っていないのだ。

いつの時代でも、愚かな権力者は、自分の理想や信念が唯一絶対と信じ、暴力の恐怖手段に訴える。戦争は単純だ。優れた武器を持った強い方が勝つに決まっている。神が付いていようが、精神力が優れようが、正義があろうがなかろうが、所詮、力の世界である。だからこそ、軍事力の弱い国が、どんな手段を講じても戦争だけは絶対に避けなければならないのだ。

アメリカ外交は今冷静さを欠いている。自国の「正義」なるものを過信し、軍事力を背景に、他国に押しつけている。日本はそれを感じてはいるが、何もできないでいる。日米が対等の同盟国であるなら、たまにはアメリカが困惑するような厳しい意見を言ってみたらどうか。そうしないと、追従国どころか本当にアメリカ合衆国ジャパン州になってしまう。冷静さを欠いた同盟国のしている戦争を積極的にやめさせないで、戦後の後始末だけを予測し、聞こえのいい「人道的支援」と称して、戦争が終わってからノコノコ申し出るような、独り善がりで格好だけつけようとする姿勢に見える。

アメリカは好きな国だ、という日本人が多い。それは、大多数の日本人は、外国と言えばアメリカ以外の国をあまり知らないからではないだろうか。そしてこの国の首相のように、一番お世話になっている国だと思っている。その根底には、いまだにアメリカへの敗戦コンプレックスがあるからだ。私の知っていたアメリカは、伝統的自由と、民主主義を世界に普及させるというひた向きな理念と姿勢が真摯な使命感として迫っていた。だが、今は違う。それを他の国の屈服手段として、また軍事力を背景として行使しているのだ。

私はアメリカという国の根は嫌いだ。建国以来のアメリカの歴史の概略を辿っても好きになれない。フロンティア・スピリット（開拓者精神）は、戦争（内戦）による原住民からの略奪の歴史から生まれているような気がしてならない。もし、仮に私が一国の首領だったら、今のアメリカにこう言ったかもしれない。

「アメリカの正義反対、日米基地条約の撤廃を！」と。

日本の安全は、アメリカの軍事戦略から早く離脱することであって、これが日本の使命のような気がする。

私自身の個人的体験を通して、私はアメリカと戦争をして一敗地に塗れた。この実感で今まで生きてきた。感情過多で公私混同と言われるかもしれないが、私の半世紀はそのことのためにあったように思えるのだ。

旧版『私の十五年戦争』を同じ目線で読んでくれた仲間たち

私は二〇一三年三月、戦争の渦中で生きてきた自分の存在史とも、戦争の史実ともいえる私家版の『私の十五年戦争』を上梓した。本書のもとになったものである。

そして、八十七名にも及ぶかつての学友、知人、友人、親戚、そして戦後の職場で関わった人々を含めて、およそ親しく面識のあった方々へ献呈させてもらった。

なぜ「自分を書く」ことに今まで専念していたのか。これは私の顕示欲の一端であり、それによる自己満足が、生きる上でどうしても必要だと感じていたからだった。

そして、私の経歴とその内面を少しでも深く自覚し、さらには、自分では知り得なかった、気づかなかった性格上の欠点や、体験を通して得た人間関係の修復や掘り起こしへの意欲がはたらき、これによって新たな自分を見極めたい衝動を常に抱こうと念じて筆を進めていたからである。

そして再びまた、「自分を書きたい」という意欲に駆られたのは、八十七名の方々への配本後である。さっそく筆者自身に寄せられた電話、はがき、という簡易なものから何枚にも及ぶ便箋に走り書きのような文面、あるいは理路整然と感想、意見を披露された方、十数人の方々が、『私の十五年戦争』の出版の意図に同感され、筆者の戦争観にも共感されていたことであった。

そして、その方々の過去の生き様と、私と同年代の戦争体験を忌憚ない意見として集約されていることに、配本したことの悦びと満足感を抱き始めた。読後感を寄せられた方々の拙著に対する感触と評価のほとんどが同じ目線であり、同じ時代感覚を有し、当時の生活の一端をそれぞれ語ってくれていた。

そして、その方々のほとんどが、戦前、戦中、戦後、高度経済成長後の日本と四つの時代を生きてこられた方、あるいはその後継近親者であり、それが筆者の今まで生きてきた戦争体験の軌跡と結びつき、同時代の同胞としての親しみが籠められていた。

それらの方々から覗かれた「私の半生記録」が、決して戦争による敗残兵の半世紀のみの評価ではなかったし、私の傷痕に対する同情などではなく、それよりは同じ境遇からの進路としての、未来の生き方に連携させるような同質感が籠められ語られていた。

つまり「時代の同胞」であった人たちの感想文には、自身の今の現実生活とその態様が緻密に語られているのであった。

また、筆者自身の今までの生涯を語る上で、欠落し、かつ回避していた部分の覚醒がそこにいくつか見出されてきた。

そのことを含め、あらためて私の人格に触れた戦争体験を総括することの必要性と、これから立ち向かうサード・ライフのための身辺整理の糧を与えてくれた。加えて精神的に私の内面の指針として切磋琢磨を促し、屈託のない励ましを与えてくれる方々に、私の感謝の想いを伝えたいと思っている。

戦中のクラスメイトからの手紙

級友が送ってきた散文詩

旧制中学の級友・T君は、二〇一三年、本書の私家版を献呈後、散文詩のような感想文を私に送ってきた。

「私の十五年戦争」ありがとう
まだ　読み始めたばかりだが
ただ　思い出したことを書いて送る

終戦直後　君からの手紙で
野比の海軍病院へ行った
そこで見たもの
四肢の何れか　あるいは
幾つかを失った傷病兵の群れ
僕はショックを受けた
小杉は　小杉は　夢中で君の許へ
やはり左腕を失っていた
君は　まだ父母には言わないでくれといった
だが　時が経てば生えるものでもなし
折を見て　僕から話すと言って帰り
後日　ご両親にお話しをして
お母さんに泣かれたことを思い出した

いま　三月十一日　東日本大震災の死者
二万人で大騒ぎ
三月十日　東京大空襲で十万人
広島　長崎をはじめ
太平洋戦争で三百万人と
桁違いの犠牲者を出した
戦争とは何か
僕たちは語り継がねばならない
戦後七十年　曲がりなりにも
日本は戦争をしなかった

北朝鮮　今まさに戦前の日本だ
それは　笑えない現実だ

過去の日本を振り返り
そして　逆行してはならない
このことを痛感する

あとがきに代えて

あの太平洋戦争の意味を考えることは、戦後とは一体何だったかを問うことに等しい。戦後も八十年を経とうとしている。私たちは、高齢社会の人たちは何を得、そして何を失ったかを、いまさらのように問おうとしている。

高層ビルの立ち並ぶ大都市の景観の谷間に住む私たち戦争体験者に、その答えを見出せるのだろうか、またはその答えなどは必要ないのだろうか。

今、目の前で繰り返されている現実は、さらに苛酷な捉えどころのない闘争の連鎖である。「戦争」という概念の世界がゲーム感覚のように繰り返されているマスコミの機能はまさに恐怖のメッセージのようである。

「一身にして二生を生きている」ような目まぐるしい戦後を振り返るとき、私には太平洋戦争の戦歴をもう一度考える事が私に課せられた十字架のような責務と思い込んでいたが、それは単なる踏み絵である気がしてきた現今である。

この本は、太平洋戦争によって片腕を失った一人の老兵の戦歴と戦争観を、あからさまに記述したものである。この老兵の自分史のような経過の心証と、戦後社会の動向を探知すること、そして現在に至るまでの高齢社会の一人の語り部の役割を果たすこと、さらにはそれ自体に生き甲斐を見出す自己満足の手段であると思えるようになっている。

戦後生まれの人たちや戦争体験のない人たちにも、戦争自体の内容と戦後の社会の態様を、私の自分史の記述と重ねてその理解を求めたものである。二〇一三年に前著『私の十五年戦争』を出版してから十年の間に、私の戦争観の対象となるべき戦争感覚は全世界にも及び、欧州の各国や東南アジア諸国にも、さらには人種差別や人類的ともいえる情勢で緊迫感や政治的な混乱が甦ってきている。

私の戦争観は、二〇二二年に勃発したウクライナ戦争でさらに俎上の魚のような机上の論議になり、それを私自身感じ始めてきた。

日本の国連安保理の役割によって、日本の景気と防衛費はどうなるだろうとか、自衛隊と憲法九条、中国と台湾の関係や沖縄の基地の問題、専守防衛と外交政策……これらのことについては、私の高齢社会の中での生活規制を受けながら、一人の高齢者の生存欲の対象として追及していきたいと思う。

私の「戦争と平和」というタイトルから

本書の上梓をした年、二〇二三年の五月、先進主要七か国首脳会議（G

7サミット）が原爆地広島で開催され、全世界の多くの人がこの映像に共鳴していた。そして、「平和の尊さ」を今こそ訴えるとして政府やメディアは、この「平和サミット」を称賛していた。

この日、訪日したウクライナのゼレンスキー大統領が原爆死没者慰霊碑の前で献花する姿を見ていた私は、何か奇妙な戸惑いのような感触を覚えた。平和に対する祈りに私はもちろん異論はないが、アメリカの核によって破壊された広島の爆心地で、当のアメリカの大統領は〈核の使用は日本の侵略戦争を終わらせ、世界平和を実現させるためのやむを得ない手段だった〉という姿勢でこの首脳会議に臨んでいた。そして、ウクライナの大統領は〈多くの西側諸国がウクライナのために戦ってくれることが平和への道である〉という立場でこの会議に臨んでいた。

いずれにせよ「平和」の表現には「力」が必要であり、紛争や戦争には不可決な要素であることを明言している。つまり平和とは、無条件の生命尊重ではなく、それを実現するための生命を賭けた戦いを肯定していることである。「平和」とは戦争のない状態ではなく、戦争のない状態を創り出すための戦争であるとしている。私はそう受け取っている。

私のような戦争体験者を含めた「平和」を求める思いは、戦後憲法の柱ともいうべき戦争そのものの放棄の規定に示され、武器の放棄をも含めた絶対的な生命尊重主義であったはずである。それは一切の軍事力の排除であり、憲法の戦争放棄、それが「平和」だとしていた。私が今まで「反戦」という語彙を用いて無造作に使用していた平和には、短絡的な〈平和維持を求める戦争〉まで含まれていたかは、私自身も明確にしていなかったと思う。迂闊な私の造語に過ぎなかった事の反省をどう表現するか、今になっても文意上で迷っている。

そして、平和ということを簡単に語るべきではないとするも、平和を至上の価値とするための戦争なら、自由や人権を侵されても仕方ないことなのか、疑いたくなる。ロシアに占領された土地で戦っているウクライナの大統領下の戦士たちは、武器をもって交戦している。この戦争は基本的にはウクライナ国民が決めることかもしれないが、今までの戦況を見ると日本を含むG7諸国の政府首脳や企業は、この国の武力の強化のため、武器の商取引や難民支援の関与が盛んになり事実上、対戦国ロシアの敵対国になっている。

結局のところ、広島で行われたのは、米国流のリベラルな価値による普遍性のための平和の追求であった。

いま、世界は平和のために新しいタイプの時勢を突き進んでいる。

誰かが叫んでいた、「また新しい戦前を迎えている……」と。

本書は『私の十五年戦争』（鶴書院、２０１３年）に加筆、修正したものです。

著者プロフィール

小杉 衆一（こすぎ しゅういち）

1928年、東京都港区生まれ。

1945年４月、海軍特別幹部練習生として武山海兵団へ入団。終戦まで横須賀海軍警備隊員として平塚実習部隊勤務。このときB29の焼夷弾で左腕を失う。

【著作】『モーツァルトの季節』『ただ今、生存中』『カフェ・クラシック』『生存の季節』（鶴書院）、『ゆくりなくも』（鶴書院 共著）ほか。

横浜市西区在住。

現在は、フリーエッセイストとして執筆中。


私の『戦争と平和』 —翻弄された九十年の戦争観と宿命—

2023年12月15日　初版第１刷発行

著　者　小杉 衆一
発行者　瓜谷 綱延
発行所　株式会社文芸社
〒160-0022　東京都新宿区新宿1－10－1
電話　03-5369-3060（代表）
03-5369-2299（販売）

印刷所　株式会社フクイン

ISBN978-4-286-24692-5